明　徐　柯　撰
印曉峰
徐笑吟　點校

一老庵詩文集

華東師範大學出版社

圖書在版編目(CIP)數據

一老庵詩文集/(明)徐柯著.—上海：華東師範大學出版社，2010.6

(明代别集叢刊)

ISBN 978-7-5617-7857-9

Ⅰ.①一… Ⅱ.①徐… Ⅲ.①古典詩歌-作品集-中國-明代 ②古典散文-作品集-中國-明代 Ⅳ.①I214.82

中國版本圖書館 CIP 數據核字(2010)第108433號

一老庵詩文集

著　　者　徐　柯
點 校 者　印曉峰　徐笑吟
策劃編輯　王　焰
項目編輯　方學毅
裝幀設計　勞　韌

出版發行　華東師範大學出版社
社　　址　上海市中山北路3663號　郵編 200062
電話總機　021-62450163轉各部門　行政傳真　021-62572105
客服電話　021-62865537(兼傳真)
門市(郵購)電話　021-62869887
門市地址　上海市中山北路3663號華東師範大學校内先鋒路口
網　　址　www.ecnupress.com.cn

印 刷 者　杭州富陽永昌印刷有限公司
開　　本　850×1168　32開
印　　張　6.125
字　　數　100千字
版　　次　2010年6月第1版
印　　次　2010年6月第1次
印　　數　3000
書　　號　ISBN 978-7-5617-7857-9/I·700
定　　價　20.00元

出 版 人　朱傑人

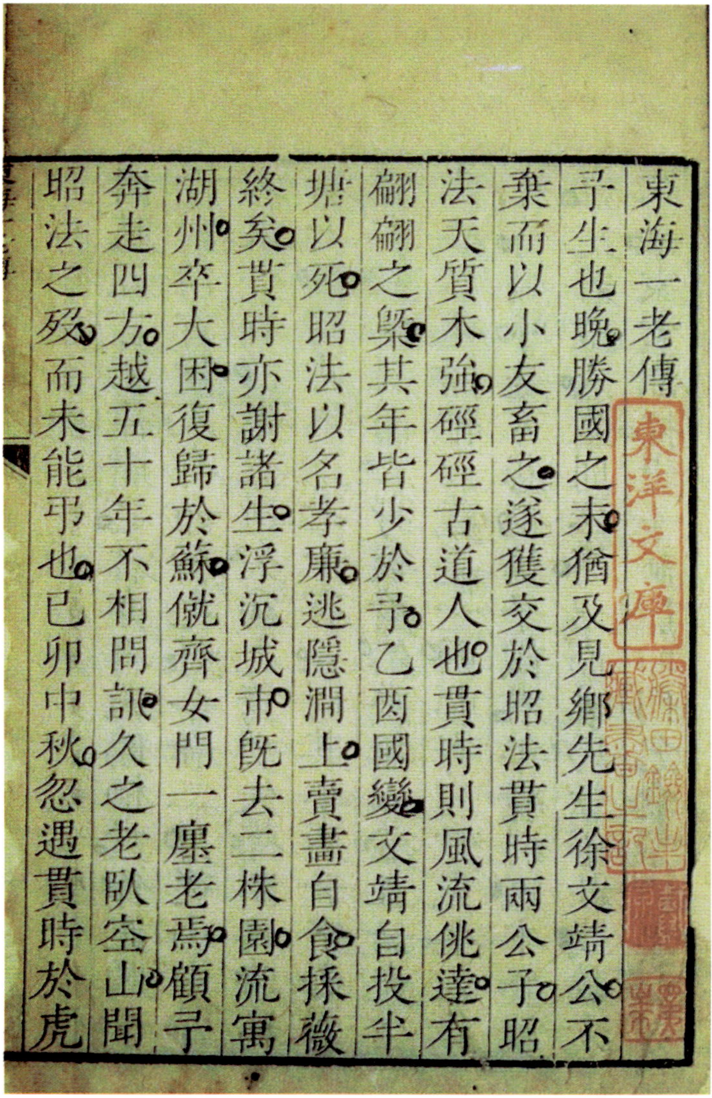
東海一老傳
予生也晚。勝國之末。猶及見鄉先生徐文靖公。不
棄而以小友畜之。遂獲交於昭法貫時兩公子。昭
法天質木強。硜硜古道人也。貫時則風流佻達。有
翩翩之槩。其年皆少於予。乙酉國變。文靖自投半
塘以死。昭法以名孝廉。逃隱澗上。賣畫自食。採薇
終矣。貫時亦謝諸生。浮沉城市。既去二株園。流寓
湖州。卒大困。復歸於蘇。僦齊女門一廛。老焉。頷予
奔走四方。越五十年不相問訊。久之老臥空山。閏
昭法之歿。而未能邪也。己卯中秋。忽遇貫時於虎

日本東洋文庫藏清康熙刻本《一老菴遺藁》書影一

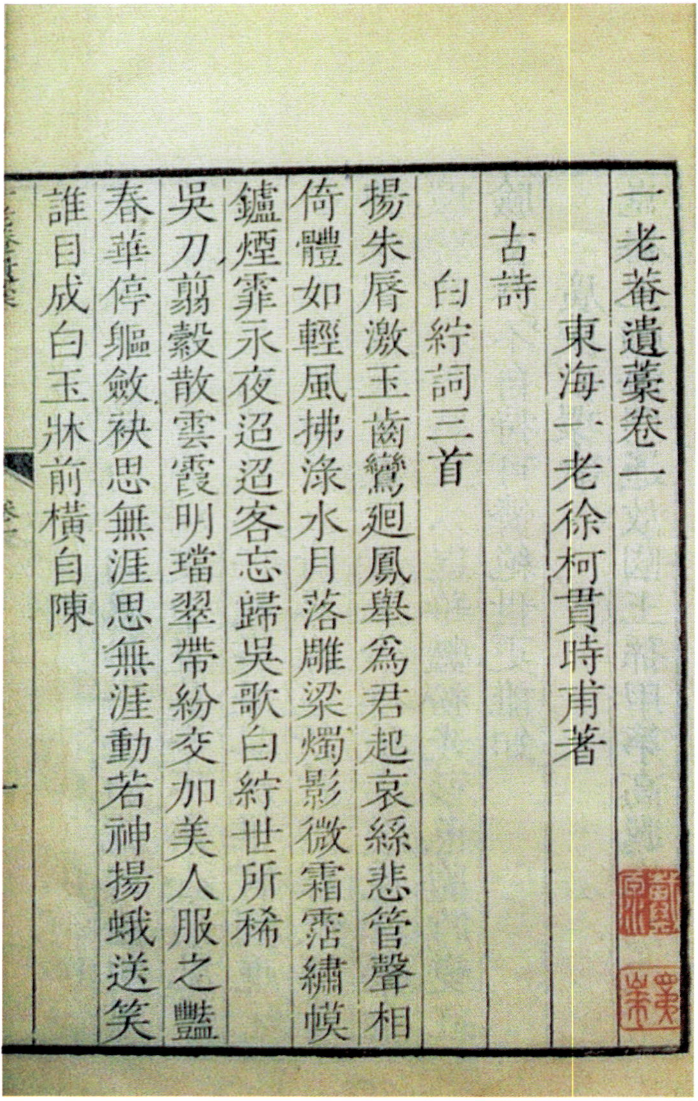
一老菴遺藁卷一

東海一老徐柯貫時甫著

古詩

白紵詞三首

揚朱脣激玉齒鸞廻鳳舉爲君起哀絲悲管聲相倚體如輕風拂淥水月落雕梁燭影微霜露繡幙鑪煙霏永夜迢迢客忘歸吳歌白紵世所稀

吳刀翦縠散雲霞明璫翠帶紛交加美人服之豔春華停軀斂袂思無涯思無涯動若神揚蛾送笑誰目成白玉牀前横自陳

一老菴遺藁　卷一　一

日本東洋文庫藏清康熙刻本《一老菴遺藁》書影二

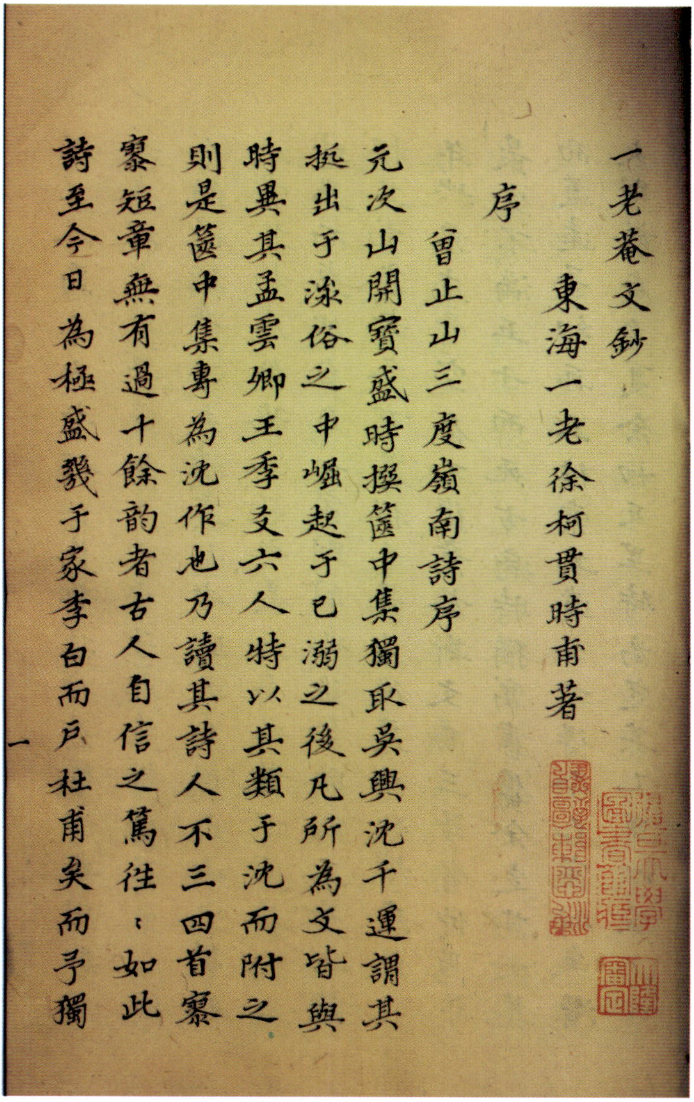
一老菴文鈔
東海一老徐柯貫時甫著
序
曾止山三度嶺南詩序
元次山開寶盛時撰篋中集獨取吳與沈千運謂其挺出于流俗之中崛起于已溺之後凡所為文皆與時異其孟雲卿王季友六人特以其類于沈而附之則是篋中集專為沈作也乃讀其詩人不三四首寡寡短章無有過十餘韵者古人自信之篤往往如此詩至今日為極盛夥于家李白而戶杜甫矣而予獨

一

復旦大學圖書館藏清嘉慶陳氏向山閣鈔本《一老菴文鈔》書影

徐貫時先生一老庵文鈔見于乾隆蘇州府志孝慈堂書目亦載之然流傳甚罕陸君東蘿偶從常賣家得之以余留心吳中往哲遺文欣然相示余展閱之知為吾浙吳茂秦所録計文五十二篇雖不及難兄昭法先生居易堂集之元氣淋漓而屬辭條暢雅絜亦不愧名家相闓當時有昭法不入城貫時不出城之語似隱指其參商向疑居易堂集中尠有涉其弟者今觀一老庵文亦鮮及其兄惟跋家孝廉讜一篇雖無閒　、其實謂究非同氣所宜又有與湯易亭

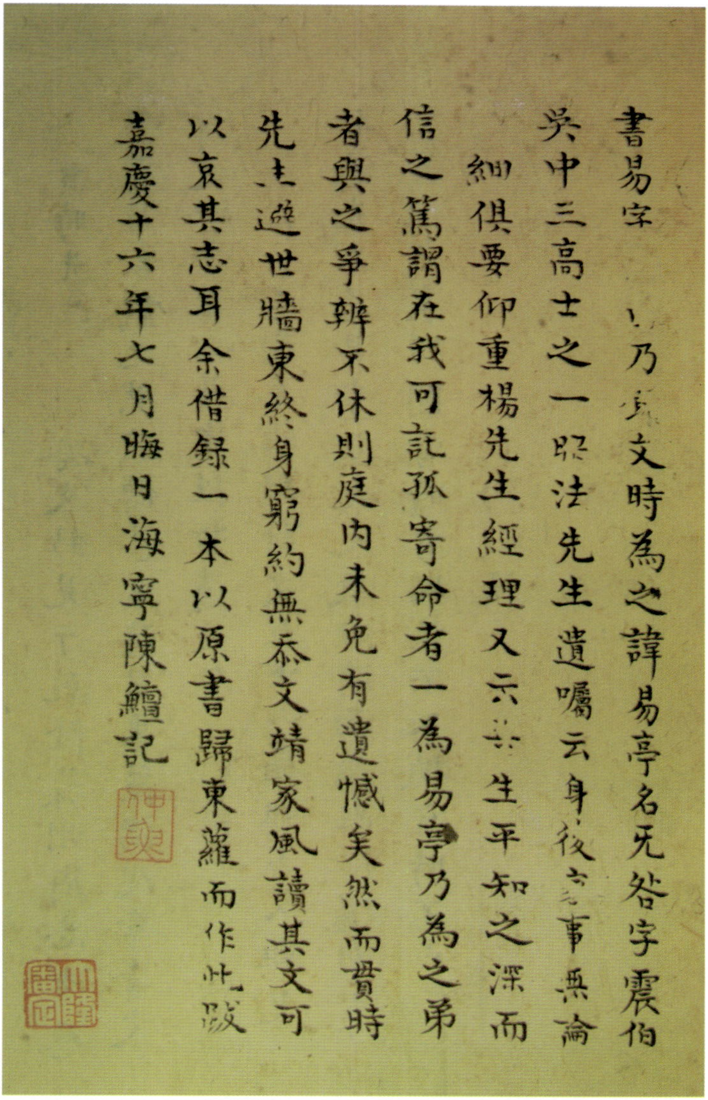

書易字

字乃父文時為之諱易亭名无咎字震伯

吳中三高士之一昭法先生遺囑云身後之事無論

細俱要仰重楊先生經理又云某生平知之深而

信之篤謂在我可託孤寄命者一為易亭乃為之弟

者與之爭辨不休則庭内未免有遺憾矣然而貫時

先生避世牆東終身窮約無忝文靖家風讀其文可

以哀其志耳余借録一本以原書歸東蘿而作此跋

嘉慶十六年七月晦日海寧陳鱣記

向山閣鈔本陳鱣手跋二

一老庵遺藁卷一

東海一老徐柯貫時甫著

白紵詞三首

揚朱脣激玉齒鸞迴鳳舉爲君起哀絲悲管聲相倚體如輕風拂淥水月落雕梁燭影微霜霑繡幙鑪煙霏永夜迢迢客忘歸吳歌白紵世所稀

吳刀翦縠散雲霞明璫翠帶紛交加美人服之豔春華停軀斂袂思無涯思無涯動若神揚娥送笑誰目成白玉牀前橫自陳

玉壺磔椀赤瑠巵紅妝翠褎素手持千觴萬酌君莫辭聽吾前歌白紵詞盛年一去如流電佳期遲暮歲將晏及時秉燭夜申旦莫令不樂心煩亂

東飛伯勞歌爲任較書兼呈沈推官劉進士

映水山雞照鏡鸞玉清蕚綠追新歡誰家妖姬倚錦瑟調弦撥柱歌昔昔玉壺磔椀赤瓊巵珠槩金環紫綺衣年時三六逞華豔粉光衫色隨時變紅臉當春不自持可

民國《辛巳叢編》本《一老庵遺藁》書影

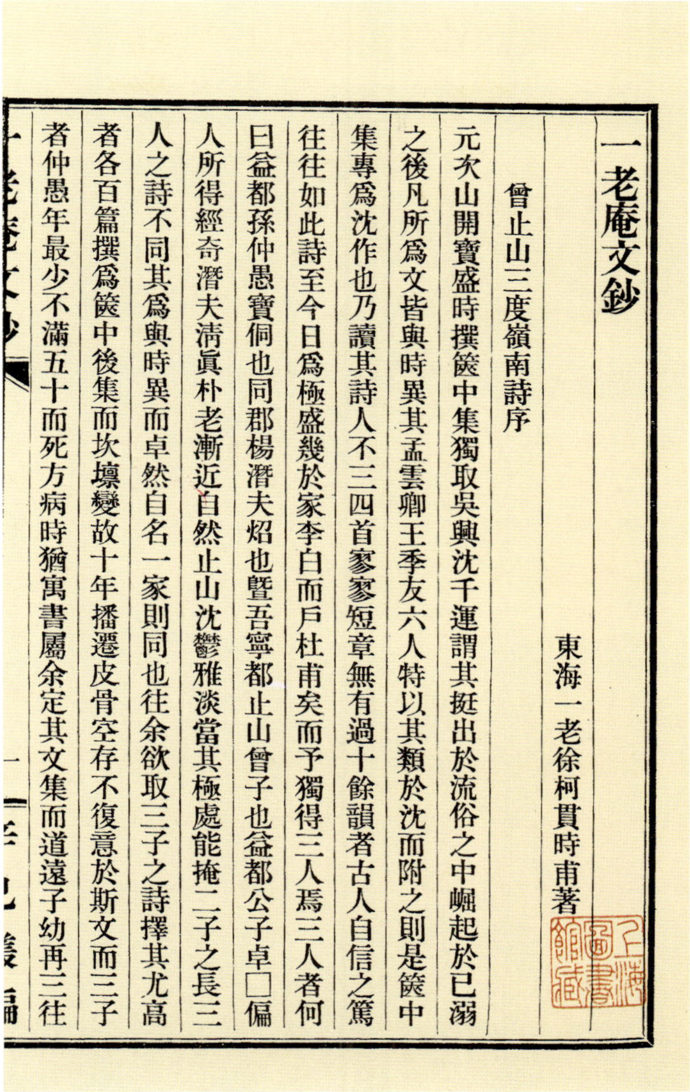

一老庵文鈔

東海一老徐柯貫時甫著

曾止山三度嶺南詩序

元次山開寶盛時撰篋中集獨取吳興沈千運謂其挺出於流俗之中崛起於已溺之後凡所爲文皆與時異其孟雲卿王季友六人特以其類於沈而附之則是篋中集專爲沈作也乃讀其詩人不三四首寥寥短章無有過十餘韻者古人自信之篤往往如此詩至今日爲極盛幾於家李白而戶杜甫矣而予獨得三人焉三人者何曰益都孫仲愚寶侗也同郡楊潛夫炤也暨吾寧都止山曾子也益都公子卓□偏人所得經奇潛夫淸眞朴老漸近自然止山沈鬱雅淡當其極處能掩二子之長三人之詩不同其爲與時異而卓然自名一家則同也往余欲取三子之詩擇其尤高者各百篇撰爲篋中後集而坎壈變故十年播遷皮骨空存不復意於斯文而三子者仲愚年最少不滿五十而死方病時猶寓書屬余定其文集而道遠子幼再三往

民國《辛巳叢編》本《一老庵文鈔》書影

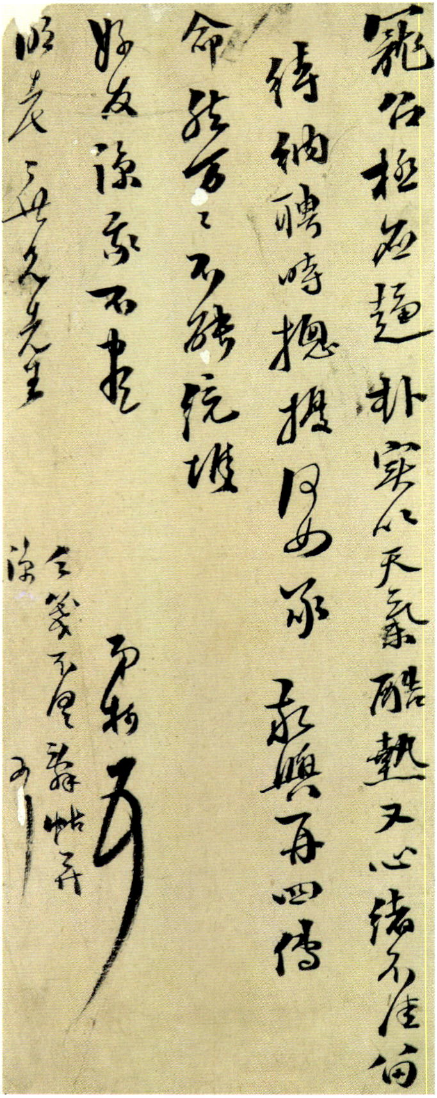

徐柯致楊炤書札

出版弁言

戊子秋與友人黄君曙輝校理徐昭法先生《居易堂集》，列入《明代别集叢刊》印行。先生弟柯，字貫時，别號東海一老，亦善詩文，没後同里鄭季雅鉽爲刻詩四卷，名《一老菴遺藁》。文則以多觸時諱，未敢付刻，原稿零落，幾不可問。幸雍正間姚江諸吴榛檢其姊丈季雅敝簏叢殘，抄録得五十三篇，編爲《一老菴文鈔》一卷，嘉慶間海寧陳鱣又據以過録，入民國陳本歸吴興劉氏嘉業堂，吴縣王欣夫借録，復從吴興張乃熊適園借得陳鱣舊藏影鈔鄭刻本《遺藁》，一併排印收入《辛巳叢編》中。貫時先生詩文沉埋近三百年，遂爲世人知曉，王氏保存文獻表彰先賢之功，豈不盛歟。

顧《辛巳叢編》刊於七十年前，已非常見，近日國家清史編纂委員會《清代詩文集彙編》收書四千餘種，有俟齋詩文，而獨遺其弟，爲不可解。因思將貫時先生詩文點校重付梓人，與《居易堂集》並傳焉。惟鄭氏康熙時所刻《一老菴遺藁》四卷，禹域公私書目皆未著録，今衹日本東洋文庫藏有一册。舊邦文獻，淪於遐方疏俗，中夏無由獲覩，常縈於懷而不能去。今春小友徐君笑吟從東京爲致彩色景本，版刻精好，讀之心目爽然。卷首有「戴源」朱文、「睇峽」白文二方印，其人俟考。另有「滕田鎰丰臧書之記」白文長印，知爲彼邦近世東洋史學者藤田豊八博士舊藏。按藤田氏號劍峰，清末來華，任教於上海、蘇州、北京等地近二十年，後爲東京大學、臺灣大學教授。《遺藁》殆其在華時所得，攜歸東國耶。一九二九年藤田氏去世，次年遺族將其所藏漢籍一千七百餘部贈予東洋文庫，文庫爲設專藏，并編《藤田文庫目録》，《一老菴遺藁》四卷即著於録。既得此驚人秘笈，《辛巳叢編》本魯魚帝虎之處皆可是正，卷首尤侗撰《東海一老傳》亦得補入，爲之欣忭無似，即倩徐君據以標校一過。

《一老菴文鈔》諸氏所輯原本恐不存於天壤間，陳氏向山閣鈔本今藏復旦大學圖書館，承友人王君亮檢示，扉葉「得此書費辛苦後之人其鑒我」、「仲魚圖象」二印赫然在目，《東海一老傳》前有「吴興劉氏嘉業堂藏書記」朱文長印，卷首鈐「海寧陳鱣觀」朱文長印、「大隆審定」白文方印。卷末陳氏手跋二葉，後鈐「仲魚」朱文方印。今即以此鈔本爲底本，并參考《辛巳叢編》本點校。

貫時先生卒於康熙庚辰，年七十有五，入清已五十餘年矣。身爲文靖之子，俟齋之弟，處當日之時，立身行事，稍有不慎，即愧對父兄。先生自言慕謝康樂之爲人，性陗直軒豁，絶去雕飾。惟與乃兄屏跡空山、土室樹屋之志不同，仍居城内舊宅，園亭水木明瑟，詩酒歌舞不輟。又不善持家，致有姬侍竊金，逆子逐父之事，晚年轗轉潦倒以歿，亦可哀已。又自述生平有三罪，生無媚骨，性復好辨，離衆特立。故當時師友噴有煩言，後世之人遂加貶抑。然先生行誼之詳，見於尤西堂所撰傳，稱先生避世牆東，少可多怪，生平交與惟楊潛夫、丁蕙農二三人，晨夕往來，餘悉閉户拒之。今詩文具在，耿介拔俗之氣，溢於楮墨間。先生以隱逸終其身，勁正刻厲雖不及乃兄，而大節昭著，與兄如一，此絶無可議者。若其平日家事之纇舋，皆瑣屑不足道也。論者豈得以夷齊之清非柳下之和哉。

庚寅夏初丹陽後學印曉峰謹識於滬西桂宜菴

目録

一老菴遺藁卷三

律詩

一老菴遺藁卷四

律詩

一老菴文鈔

序

傳

附録

一老菴遺藁

东海一老傳

予生也晚，勝國之末，猶及見鄉先生徐文靖公，不棄而以小友畜之，遂獲交於昭法、貫時兩公子。昭法天質木强，硜硜古道人也。貫時則風流侻達，有翩翩之概，其年皆少於予。乙酉國變，文靖自投半塘以死，昭法以名孝廉，逃隱澗上，賣畫自食，採薇終矣。貫時亦謝諸生，浮沉城市，既去二株園，流寓湖州，卒大困，復歸於蘇，僦齊女門一廛老焉。顧予奔走四方，越五十年不相問訊，久之老卧空山，聞昭法之殁而未能弔也。己卯中秋，忽遇貫時於虎丘舟中，握手對面，恍如夢寐，追話疇昔，慷慨傷懷。因賦五言二律贈之，君亦再過鶴栖堂，作記贈予。方謂白首故人，有如新之好。今春二月，從山中歸，客來告我曰，先生逝矣。爲之驚嘆失聲。問其時爲初七日，問其年正七十有五，問其卒所，云寄食乃壻丁家，無病而亡，身後蕭然，幾無以殮。且云先生臨終無他語，惟以藏墨一函，囑寄西堂先生，乞作佳傳。嗚呼，是可悲也。憶余識君，年纔弱冠，丰姿姣好，宛若璧人，坐則琴樽，出而裘馬，豈不壯哉。數十年來，家室漂摇，妻子離散，叩門乞食，簞瓢屢空，僅以土銼瓦盆，煎糜煨芋，尚愁一飽無時，又何僊也。一朝相遇，幅巾布袍，手扶藜杖，雞皮鶴髮，皤然已成老翁，儵忽之間，化爲異物，欲求少日豪華景象，杳不可得。蓋滄桑翻覆，歲月不可把玩若此。每念文靖公及孝廉流風餘韻，未嘗不垂涕想見其爲人。衰邁如予，能無山陽思舊之感乎？以君兄弟言之，俟齋先輩，孤節獨立，邈焉寡儔。君雖避世牆東，而胸中塊壘，少可多怪。當益都孫文定、静海高文端兩相國在朝，皆文靖門下士，累札勸君速長安之駕，君笑弗應也。生平交與，惟楊潛夫、丁蕙農二三人，晨夕往來，餘悉閉户拒之。間或逍遥山水，跌宕於酒旗歌扇間，阿兄聞之，意弗善也。然相視莫逆如故，二子者不同道，其致一也，安得以首陽之拙，非柳下之工乎？君讀書自五經三史，天文地志，佛書道藏，稗官小説，靡不博涉，發爲詩文，嵚崎歷落，上者規橅韓杜，次亦出入於昌谷、玉川、眉山、劍南諸家。所著有《一老菴文鈔》若干卷，家貧未能鋟板。今友人分金助刻，庶幾藏之名山，可不朽焉。先生徐氏，諱柯，字貫時，東海一老其别號也，又嘗自署三十六帝外臣、三千六百釣臺。予戲之曰：「先生得無爲算博士乎？」先生曰：「此太白詩句也，吾何敢當？祇名東海一老而已。」故予爲作《東海一老傳》。

鶴栖老人尤侗撰

一老菴遺藁卷一

東海一老徐柯貫時甫著

古詩

白紵詞三首

揚朱脣，激玉齒，鸞迴鳳舉爲君起。哀絲悲管聲相倚，體如輕風拂淥水。月落雕梁燭影微，霜霑繡幙鑪煙霏。永夜迢迢客忘歸，吴歌白紵世所稀。

吴刀翦縠散雲霞，明璫翠帶紛交加。美人服之豔春華，停軀斂袂思無涯。思無涯，動若神。揚娥送笑誰目成，白玉牀前横自陳。

玉壺礫椀赤璚巵，紅妝翠褏素手持。千觴萬酌君莫辭，聽吾前歌白紵詞。盛年一去如流電，佳期遲暮歲將晏。及時秉燭夜申旦，莫令不樂心煩亂。

東飛伯勞歌爲任較書，兼呈沈推官、劉進士

映水山雞照鏡鸞，玉清葶緑追新歡。誰家妖姬倚錦瑟，調弦撥柱歌昔昔。玉壺磔椀赤瓊巵，珠概金環紫綺衣。年時三六逞華豔，粉光衫色隨時變。紅臉當春不自持，可憐絶世更誰知。

［校］詩題「呈」字，卓爾堪《明遺民詩》卷十五作「東」。

廣陵破環歌

崑崙地軸海門遥，故國王孫甲第高。邐迤園連隋苑樹，峥嶸門接廣陵潮。王孫第内富羅綺，牽雲曳霧隨風舉。中有明眸絶代無，鯨睛抉出鮫人珠。精彩出淵初置掌，神光映月乍凝膚。欽生挺拔東吴秀，聲華奕奕清門胄。摇筆都將五嶽摧，讀書無限三冬富。冠玉，丰姿更絶倫，妙年琴劍入燕城。如堵争傳看叔寶，連縈遥見擲安仁。王孫好客無驕貴，因依勞苦開西第。未撥朱弦求鳳凰，早窺青瑣傾佳麗。佳麗深情世所稀，劇憐遊子苦思歸。酒渴親攀奇樹果，春寒自解暈羅衣。羅衣解覆春寒淺，血灑花枝淚痕泫。

豈有西夷進異香，遮莫東牀近禁臠。禁臠東牀事已非，珠瑩玉潔兩心知。連城謾聳丹霄價，照乘徒結青雲期。人事悲歡一轉睫，歡情未盡悲相接。同心結繫合歡環，刻作幽花連理葉。雲凝海立恨悠悠，五兩何[illegible]吹我愁。[illegible]人故園慘不樂，循環弄玉手中落。絕代佳人希世珍，一[illegible]綠依稀若有人。夢闌酒醒時沾臆，三十年來泣陳跡[illegible]有吳門一匹澄練時時白。

白頭吟爲楊明[illegible]作

七十二峯山煙碧，八萬四[illegible]白。煙光搖曳乍有無，湖山深處盧女宅。盧女傾城絶世姿，少年夫壻輕薄兒。蕙質蘭心徒自許，雲愁雨思復誰知。徘徊流景光如電，轉輾空房淚如霰。幾度春風泣落花，幾回秋月悲團扇。金陵公子鐵篴仙，撩花狎鳥湖山邊。艸玄未獻長楊賦，問渡早作明河篇。明河可望不可即，萬種柔情淚横臆。只恐狂夫意不堅，復令紅顔恨無極。青天白水要深盟，黄河碧海比深情。雙棲翡翠枝頭鳥，並蒂芙蓉池上莖。昔日庭前芳草没，常恐容華坐消歇。宛轉幽憂二十餘，識得人間有風月。

傾情寫意説衷腸，十五年前夢裏郎。攜手常同青玉案，低幃每共黄金牀。十日九夢常如此，彷佛神彩君相似。今日逢君意氣深，此生固合爲君死。况妾本住宋家東，亦自芳閨羅綺叢。若非月下三生契，豈有花間一夢通。看君才調今無兩，逸情高致青雲上。早令新婦配參軍，何事才人嫁廝養。卓馬之事不足驚，自餘囂囂直可輕。君不見，相如尚難蜀父老，白頭吟成千載名。

吟月行 甲辰三月作

東家小女字吟月，窈窕傾城初覆髪。驕矜豔色妒花紅，約束纖姿鬬花發。横波剪徹翠欲流，遠山掃浄青無歇。腰弱偏圍竹葉裙，趺妍故覆荷花襪。霞起丹樓矗紫清，凝妝鎮日獨含情。嬌多每怯春將度，怨極還愁秋欲驚。路人指説此金屋，買時珠琲量成斛。野鴛乍可水上行，孤鸞常自雲中宿。自許堅貞無轉移，深情脈脈待傳誰。蕭森月色霜侵夜，

踦䣛花香露濯時。二少相逢俱十九，天竺仁祠一回首。夙願行香亞歲虔，芳衷上旛練日久。故鄉人作他鄉值直吏切，忽漫目成非所意。薄命投誠廟令通，吉祥和合旛

脚字。石尤打頭河冰塞，明聖湖邊雪三尺。江樓遥夜漏沉沉，玄英一擲千黄金。日高丈五羞不起，堅垂羅帳覆錦衾。卻鎖青軒閉年少，阿母傍徨侍兒笑。寂寂軒中日下遲，喜心倒極反驚疑。須臾銀燭瓊筵至，雪面鴉頭忽三四。笑擁佳人仔細看，舉酒重斟把合歡。低顔幾度揮金椀，私語連催進玉盤。從此歡娱不暫歇，一眠直到三春月。三春吴苑好風光，叵耐深閨白日藏。楊柳隄晴閒繫艇，芙蓉院静謾焚香。姊妹前頭教且住，探春獨入芳園路。仙山樓閣異人間，果是仙郎讀書處。蘭衙人静寶林鐘，洛月巫雲此地通。緑深履跡春苔滑，紅褪衫羅春露濃。良宵置酒宜深酌，汎埽亭臺門鎖鑰。梨花月下送千秋，井宿星前争六著。愛極恩深肯作難，踢蹦顛狂意未闌。盟誓重重再申説，星妃月姊輪心肝。無端西北烽煙起，别離之始歡娱止。兩邊踪跡總茫然，塞草江花各一天。歡娱有限逾百日，離别無期已廿年。齊女門東百艸芳，驕銜細馬賽兒妝。血色珊瑚鞭似火，銀毛猞猁袿如霜。回頭笑向苦獨力，問箇兒郎行幾十。我是伊家吟月娘，可能兄妹不相識。便邀並轡入朱門，下馬相攜拭淚痕。曲房曳綺出兒女，中廚饌玉敍寒暄。尊前爲説漂流苦，一自當年身被鹵。萬千花貌委沙蟲，自分玉顔同糞土。不道蛾眉獨勝人，妝成進入精奇府。朝揮淚血教裁縫，暮和啼粉學歌舞。伶俐當筵一串珠，聰明遇事百般殊。只因白髮初無婦，那問紅顏自有夫。沙塞風塵瘴海濱，何期復見故園春。每欲逢人訊第宅，無因得計訪情親。檻猿籠鶴身何有，百愁億怨心不朽。昨日西園結伴游，重逢昔日蒼頭婦。人是王母舊雙成，住近陶潛宅五柳。適才指點認檀郎，結作同胞顏多厚。別時少小騁嬌癡，今日飄零成老醜。枯榮聚散總堪悲，看君亦自減容輝。遥驚剩識衣香在，卻認渾疑貌粉非。作健乘時自男子，致身早貴青雲裏。百年皎日定何如，一旦飄蓬竟已矣。悠悠事往安足論，栖栖路側徒爲爾。聞君小婦名圓乙，長養嬌兒玉顏色。翫煞閨中解語花，酷憐少子重辭家。可憐儁邁堪人上，可惜沉吟度歲華。酒酣軟語還切切，强相歡笑聲嗚咽。百勸深盃不可辭，九轉柔腸不能説。城頭日落街鼓催，更欲與郎盡一盃。手批鮮鯽銀絲膾，知是郎行舊嗜來。歸來行坐成索寞，似夢如真意慘錯。空想銖衣浩劫因，秪成觭夢經時惡。二十年中夢裏身，青陵臺畔與招魂叶，胡匀切。欲就麻姑問消息，等閒滄海已飛塵。

詠史

世道日交喪，羲皇不可追。栩然北窗下，乃復夢見之。每循五柳著，寧要三徑資。浮雲本無心，卷舒亦奚爲。琴韻豈在弦，泉聲足吾師。一酌更何營，茫茫萬古期。龍行虎步者，我視真小兒。

詠史宗少文

棲丘不辭三十春，飲谷不厭三河濆。千巖積翠緑綺響，一室虛白蒼梧雲。巢許當年避堯禹，巍巍蕩蕩徒爲爾。綏輿腐鼠田舍公，無端欲屈宗居士。

次韻答陳撝謙見遲風雨不至

堅坐散羣帙，堆案苦旁午。獨學孰啓予，勝己隔今雨。遥思百尺樓，儋梯共誰語。灑翰擬寄之，不值雲中侶。

飯顆詩瘦翁，笠影日卓午。輩上謫仙人，飄然凌風雨。一尊細論文，當時作何語。試忖千載心，問我同心侶。

金陵楊壽母節孝詩

寧都曾子俶裝北首去時，臨歧示我舊京楊門壽母節孝録，勸我急賦壽母節孝詩。同郡顧子復謂我，母有賢子名鳳毛字丹崖魚羈切。行年六十孺子慕，束修砥行士節奇。二子於我爲畏友，其言足信非阿私。於戲壽母柏舟之年纔廿六，何愧古之共姜宋伯姬。尊章父母資奉養，生事葬祭禮無違。義方飭子子有見現，三克家譽交相馳。即今大耋賀屨滿，操詞進祝皆英耆。烏頭綽楔曜閭里，龍章綸綍光門楣。重見故侯甲第起，賓客讚歎父老咨。母獨臨觴不肯舉，回首往事增淒其。馱蒙江頭大星隕，九隆百粵戈爭撝。縣金廡下激士氣，夫人織擁靈姑銔。扶攜百口一萬里，輯睦三族六十期。坐閱興亡成皓首，情同漆室卹緯嫠。於戲母之精誠貫金石，母之遐壽逾期頤。巋然歲寒心益苦，剛中行險神扶持。世間軟媚盡巾幗，惟母乃是真鬚眉。安得當家無價手，寫此瑋瑞光陸離。虞山已矣太倉往，柏塗伊亞徒爾爲。我筆不減於韻語，此事曾顧二子之所知。

爲語楊子將母懿實重排纂，我當吮豪爲傳去之。傳之以續中壘宣城列女後，劉子政作《列女傳》，史有列女自范書始也。上之史館，傳之百世，永永奉爲女則婦行母德百世師。

同潛夫、蕙農仲元宅看牡丹，酒間次潛夫韻

余有牡丹癖，二株園數本，亂後重植，自甲午、乙未，至乙卯、丙辰，花時賓客，升沈存歿，星離雨散。今又十四年，親朋喪亡略盡，而聞園花尚無恙。余既屢遭□禍，流離逋播，妻妾相繼下世，青衣無一存者。蒼茫搔首，飲罷無歸，勝絶驚身，百端交集，言之淒厲，看花君子，諒之而已。庚午穀雨後一日。

欲去未去春如客，尤物鍾靈殿春色。妖紅姹紫天力與，豈必檀心雪魄倒正之暈矜奇植。千朵萬朵固宜人，一枝兩枝自傾國。白髭老陸好事擁絶麗，玉樓春亞紫樓側。常疑順風揚音，白晝公然冉冉相攜曼嘯作仙去，復恐夜半負之趨有力。擊鮮釃酒牢守護，二三詩客徵同德。舉觴酹春春何許，春作奢華此其極。急趁美日快飲酒，莫待後時空霑臆。有客恨人易惆悵，悄然對酒不能食。故園池臺往日勝，國豔天香手封殖。聞道經今十六春，高臺未傾池未塞。園葩已老不志氣，萬堆紛拏仍翦刻。尋花不入黃鍾家，

幾地盛開水精域。春城步屧三兩處，到處酸腸爲惋惻。城中園亭多不植牡丹，惟一二僧寮有之。今來借君百觥酒，澆我腸中三斗棘。種種奚爲心獨苦，咄咄何事淚迸亟。大人峴屼安所往，小兒造化真難測。兩手挽住楊丁兩詩翁，茗艼醉倒老陸花前千日我亦得。

題白石翁古梅折枝圖，次石翁原韻 有跋

石翁散人領江湖，陳芳淪謫來仙都。放筆三絶逞游戲，抉擿天物靡精麤。噓枯吹生迴斡力，春霆振蟄腕底蘇。鐵蛟寫真亦偶爾，高堂素練趫萬夫。系詩百五十四字，一一礌砢金盤珠。墨瀋長流冰雪氣，霜姿肯著脂粉污。華玉尚書儷奇藻，木難火齊去交珊瑚。吾來快賞駭且歎，掉栗眩轉狂叫呼。彈棊獨孤莫謾賭，寒具靈寶只欲逋。小陸珍收自文氏，準擬清閟凌瀛壺。危間寶篋破壁起，一夕雷雨將南圖。陸生陸生慎保守，尤異精靈何事無。

陸生藏石田先生古梅折枝巨幅，爲衡山文翰詔家物。幀首有石翁自題長歌，復屬東橋顧尚書和之，其寶愛可知矣。世廟庚寅，迄今一百六十餘年，紙墨不渝，完好如新，尤可寶也。陸生請余和詩，余敢媲美往賢？成此篇，聊志仰前輩風流於無已耳。

楊安城七十雙壽，兼送可師、楚書省侍三百五十字

禹昔略山升終北，圖測齊限窮栞隨。盪潏百川掎五嶽，徼䚯乍息聊暫窺。周以喬陟悉平砥，壺領當中湧出神瀵四埒垂。澮淡灑濫徧其國，蜜甜椒馥靡盈虧。國人緑水皆百歲，侗粥沌悶能嬰兒。冰雪膚理色玉瑩，不老不病長不飢。漠然無朕孕元氣，歗詠歠沐漱溉斯。小白聞之幾剋舉，穆滿曾游弗肯歸。夷堅太始志遂古，寓言十九每致疑。豈意楊子今徙所，髣髴民俗有似之。吾聞絶域敞神界，山經大荒多異宜。世人耳目較闍淺，夏蟲朝菌何所知。楊子攜家始强仕，于思漆墨今霜髭。卅年自古稱一世，長養子孫違厲疵。清泉百斛供濯飲，葠根浸出甘如飴。調和臟腑伐毛髓，方瞳長鬣仙人姿。文康雞狗繞宅舍，中有相莊舉案齊犂眉。懸弧設帨值良月，羣真晝下紛參差。三山羨門安期往，左把浮丘右洪崖。劈麟作脯瓊爲醴，綏桃火棗兼交梨。揚觶迭更奮褎㒓，膝席獻壽語嗢咿。酒中二子爲我乘間起，再拜長跪歌此詩。定知玉立紫髯蝟毛磔，臨風一笑百醆揮。從此三百有廿四萬觴未已，坡公以李詩「計有一年十萬八千杯」之句，余復以坡語廣

之，犓舉今茲至百歲觴數爲說耳。願翻北海添金巵。

錢太史庸亭頻繁置酒相招，仲冬十四日始克赴其約，方與客弈，決賭良久，酒間戏作放歌呈主人，兼示席上諸公同和焉

庸亭先生翰林主，力與詞場埽穅秕。闌轢鍾譚刈楚旗，闥躪王李劘秦壘。婁東、歷下實主慶陽，皆秦風也。九雲文海濤瀾開，旁羅積氣光陮隗。璿璣玉衡頌進御，煜爚香案蛟龍回。地分清切高嚴居，列仙之儒形容臞。需頭乞尋遂初賦，勞從去苦厭承明廬。不趨紫禁沈金馬，不棲碧山焚銀魚。一丘一壑齊恭隘，一觴一詠忘智愚。花開致賓置廣座，月出泥去客詣前除。秉燭玄英作茗艼，論詩白戰成胡盧。近時詩家唐宋之争，幾於玄黃水火。先生則不然，惟其是而已。鄙見亦云。有棊堪著百局須勤著，有酒堪沽百斛仍急沽。明年鳴鑾徵侍升中岳，適聞明歲西巡，先有事於嵩岳。立馬倚奏登封典引書。

題孔釋親送圖 有序

貞士姊丈孿生兩男，家孝廉作兩圖兩紀，著其靈異。余復爲此歌，凡二百五十字。

屠維孟陬貞明炳，月生霸始日禺中。中天寶網忽彌覆，羲和停馭光曈曨。閶門峨峨百華里，濟陽乘願來雙雄。蒼麟白象髣髴至，翠蕤孔蓋行青空。金盆承浴繡褓裹，喤喤其泣宜王公。隋珠和璧互輝映，連城照乘寶則同。鄰叟里媪喜告語，爾家祥瑞真希逢。笙瑟繞宅聲幼眇，箋沈溢巷香溟濛。自昔良蠶适達見書傳，未見炯然尤異天心鍾。今來奇祥瑋瑞有如此，此是精禱一紀之所感通。玉皇高居省表勑，曹主遲之又久重。爲簡選畀二英物非凡庸，至誠景響示徵應。故令拜章誕育之，歲月日時甲子同。吾姊之德神所勞去，徽音則百必亢宗。鳶肩燕頷我善禱，詩張去我出激衰翁。蜚騰速化早劵取，秀眉二老禔厥躬。會當慰母答靈貺，聯翩鳴玉升穹窿。

歸厚引寄耿逸菴宫詹，兼送公子歸里 有序

睢陽公撫吴時，須刊宫詹《孝經易知》，學宫親臨講説，東吴人士之仰止於宫詹久矣。兹公子

銜命率其縣人來赴余表姪張明府母喪，因有此寄。臨風灑翰，情見乎辭。

睢陽尚書騎辰尾，吴民淚溢吴江水。哭指天邊傅説星，白雞夢斷蒼生起。睢水不絶嵩雲深，嵩陽宫尹稱同心。許身稷禹遥相諗，致君堯舜重自任。登封張侯歸裝裹，孝經一帙珍無比。宫尹先生釋義精，從前訓故皆糠秕。尚書臨講學宫庭，北面青衿南面聽。半部論語足致治，何況至德要道之全經。吁嗟乎，質朴衰，恩愛薄，德色誶語勃磎惡。二千里外故侯之母喪，盡邑大臨聲如狂。率錢絮酒情皇皇，見星重趼奔且僵。宫尹表率爲其倡，公子致辭奠椒漿。萬民之障懸中堂，盛事籍籍傳吴閶。吁嗟乎，張侯去邑日已久，薄俗鄙夫復何有。敦寬親炙宫尹深，化行其鄉德歸厚。自鄉移國過化成，吾思古之鄉先生。即家欻起秉大政，不言民信惟躬行。敝裘蹇衛一公子，來往百姓頻寄語。宫尹先生屬負兹，司馬温公居洛時。

一老菴遺藁卷二

東海一老徐柯貫時甫著

古詩

暮春依園讌集得酒字

澹蕩春已晚，長嬴序將首。雨餘林薄静，氣清亭榭陡。文鱗躍曲池，緐羽鳴高柳。紅藥豔當階，紫蘭芳竞畝。佳賞及良時，勝引延詩叟。名園恣所歷，探題詠某某。行卮絶囂呶，援翰鄙聲偶。即事景入微，搜冥心欲嘔。主人風騷主，犖犖誰其右。力要景屈駕，思束陶謝手。敬愛客忘疲，縱横斲文酒。盍簪泯楚越，密坐移午酉。當時驛若斯，孟公轄何有。高明升寶墳，豁達望香阜。臨風憶古人，斯樂良不朽。

妙嚴臺，用坡公海州石室韻 有序

依園中一丘再成名妙嚴臺者，往里人所稱妳妳墳也。在禪興寺後，疑即古妙嚴尼院地。或云寺爲梁妙嚴公主香火院，至今寺僧塑像奉之，號曰山主，或云捨宅爲寺，後即葬焉。考梁時公主見於史書者，有玉姚、玉婉、玉嬛、令嫕、含貞，又有長城、吉安。皆有封號，不知妙嚴主何封也。梁主好文，其名子皆有序，簡文諸子以大，元帝諸子以方，其於女亦然，冠以玉者，武帝女也。簡文王皇后生長山公主，名妙砉，是妙嚴當爲簡文女。普通以後，崇信佛法，元帝以方等名其子，則簡文之名女妙嚴，又何疑也？侯景納簡文女溧陽公主，爲范淑妃生，史不著名字，豈妙嚴耶？景旋烹滅，曾不五稔，梁祚告終。按溧陽分羹之日纔止十四，則本朝遷鼎之年未滿二十，家國淪胥，棄俗染衣，轉僑旁郡，理宜有之。陳氏有國，託跡禪讓，盛年故主，優以禮數，豐其資給，示厚所代，故得峻啓精藍，大作丘壟，又事之所有者。不稱溧陽，而稱妙嚴，或前朝封號，又爲賊臣逼辱，故諱之也。老病善忘，遺書散失，粗據所見，質之博雅焉。主人飾臺，本規麗矚，篇中止序賞會云爾。戊辰浴佛日。

吾歌妙嚴臺，妙嚴臺，在何處，地近閶丘古坊路。灌叢薁草茀不行，鼪鼯啼煙鵋嘯雨。

故老相傳土骨堆下有玉鳧金雁，時出光怪迷年數。金粟山人亦好奇，搟荒剷穢來啓宇。洞壑谽谺蓊薆除，一丘突兀知誰墓。夾以怪石雜妍卉，酹以茗汁兼椒醑。謚以閶闔百尺之嘉名，實以蕭梁萬乘之貴主。影挾雲根勢最高，珮聲髣髴出幽户。晝賞宵升花月中，硯匣隨身兩侍女。搔首驚詠玄暉詩，振衣狂作青海舞。每登刻燭窘詞流，別欲壘麴困酒伍。疑君前身沈亞之，雅能痡峭妙茹吐。隱隱簫聞嬴女吹，泠泠瑟動湘靈鼓。高高下下勝絶吴，暮暮朝朝雲似楚。妙嚴臺，歌妙嚴，歌起山家小兒攘臂時，危涕汍瀾不得語。太清元二陽九年，爾來一千一百四十許。庾子山《哀江南賦》序「戊辰之年，大盜移國，金陵失守」，指侯景之難也。余今年三月臨此臺。乾坤墋黷幾銷沉，何獨玉顔爲黄土。吾思歌風隆準翁，吾思凌歊寄奴祖。那用薄心腸老公，且憑君飲忘今古。裂褌拾謁倘可期，反裘垂竿未遲暮。

黟汪雄嘓三百言

黟汪雄嘓雕虎鳴，隱去若敦圉吟西清。五言尤攻雅步驟，坐令吾黨推長城。往時示我西山作，逸氣紛紜森歎薄。前有襄陽後隨州，古人不是無心學。顧獨好我七言古，謂得神髓真韓杜。韓詩杜絶世所嗤，我真似之亦何補。蚍蜉撼樹寧可論，呀日吠雪狺狺繁。護前足已恐見破，不悦學耳爲讆言。夥汪夥汪爾難得，束心秋豪眼光出。落落斯文曒有神，苦交勝己稱詩力。致客名譽端復比，門前鶴蓋車流水。致千里之客，黄岡杜氏、寧都曾氏，尤著一死一生之誼，士論附之。作達言詠高李同，堂上鯨飲波生風。舉一品會，脩八達六逸故事。白詩「長驅波卷白」。何人争長騷壇盟，特起歃取留犂升。直呼宋玉阮籍二老兵，於當代詞場負重望者，未嘗輕有折服也。何人好事酒筵綺。急觴釀致崑崙美，虚憶南威西施兩少婢。家醖爲郡釀之冠，許招王黄兩名姬佐酒觴余，故預言之。前年爲我置酒索詩重諉謓，三年不作那容易。韓杜吾豈敢，擬效玉川子。白玉璞裏斲出瓌瑋詭譎詞，黄金鑛裏鑄出輪囷離奇意。材薄力短止於此，幸未大肆興妖捻怪㗐。仝嘲異似弄筆結交詩，韓時「往時弄筆嘲仝異，怪辭驚衆謗不已」。劣弭謗者猶有朱灣錢起知。謂望子隱君庸亭太史也。

貝葉子千法師壽二首

大師白嶽秀，無位真真人。龍象波羅提，蹴踏五十春。五千卌八卷，衮衮懸河傾。慈雲徧布濩，花雨時繽紛。惟昔蒼雪翁，蓮峯弘教源。雞足來佛土，經傳金口親。道風竟誰繼，吾師實昆孫。祕密别有會，衣法仍雙行。諸佛慧命在，舌作珊瑚根。獅子正奮迅，魔外不敢嗔。

丈室清盥罷，起視臨前除。雕雲覆天宇，塗鼓彌空虚。羽人西飛來，鳴球間笙竽。焚香萬玉女，五百天子俱。上師千萬壽，胡跪進珍廚。二萬六千旬，兹辰昔懸弧。甜波風聲樹，優曇花現無。諸天競供養，恒沙數寰區。百繞須彌座，歡喜灌醍醐。惟師默不語，晏然坐跏趺。

斷硯歌和贈姜西溟

平公巨璞禹鑿餘，奉使三峽長歗遘此奇。波濤雷電不可見，十手今傳杜老詩。姜侯紫雲踏天割，承詔雙趨青瑣闥。緹襲繒裹遠致之，浮筠旁出紛轇轕。落筆中書腕未停，煙馳穎鷙氣始震平。千詩百賦轉拗郁怒，盡道姜侯之硯能有神。巧偷豪奪事殊醜，玉質金聲庀何有。雙闕仍銜没字碑，五觔竟落神椎手。姜侯雅度人所難，去者弗追斷者完。晉問無勞鑄兔冐，漢史何妨論馬肝。日三去摩挲還縝瑮，長歌刷恥洗凌誶。試看光芒啓匣猶萬丈，吾欲攜倚搏桑賦日出。

斷硯歌二

西溟待詔，玉峯相所題佐史局士也。復爲此歌。

姜侯蘊奇世莫測，武庫森森萬矛戟。筆詩雄奥史更深，天語親許文章伯。端溪紫瓊性所愛，淬穎驅煙快無敵。攜來史局佐相公，如砥矢踐南薰跡。義嚴詞確正凡例，赫然直使百年姦齿佞骨起僵栗。神忌至清鬼醜正，假手老瓊奮一擲。膠漆聯固重磨試，依舊雲湧波翻奇注射。相公罷去史局變，玉峯相於三朝黨論至嚴，侃然以分別邪正自任。史局不終，深望後賢之規隨，故結處復以朱墨史寓意云。我與老瓊別有適。到處能添詩筆興，精神依憑物不隔。始知月脅星心未儁材，龍尾鳳味皆凡石。姜侯姜侯，爾才豈空老，即看後命催入直。乍可持瓊起草入明光，莫復將瓊續史紛朱墨。

斷硯歌疊前韻二首

造化小兒張福威，倚伏消息顛倒掉弄奇。姜侯有硯弗中斷，何處流傳斷硯詩。景暘之錦横遭割，匪貞宵寐方札闐。果然亹起硯席間，奪髯一擲凌轇轕。披礫天物驅染不暫停，動植上訴帝乃震平。雖然捋鬚逢暴怒，吾道勑攝掊擊有鬼神。世眼虧全論好醜，寧知斷璧殘璋美無有。用東坡《鳳咮硯銘》句。千牘未落崔杜價，百篇詎掣陶謝手。吁嗟乎，困阨之下久處難，湔祓高鳴幾士完。出簀誅璧致卿相，當年搚摺笞傌摧心肝。謾擬六德矜温栗，硯譜比歙爲俊人，端爲德人。縱備九能遭詢誶。吁嗟乎，莫以一硯升沉成壞，遂結漫漫萬古愁，試看羊胛熟時日應出。

驪山沈泥鄴臺瓦，辱等猶脚手堪戟。葦間西溟別字所實維德人，端溪之良流輩伯。蘊真抱樸含太素，孕育萬彙造化敵。掌大面子半寸池，蛟蟠螭拏起無跡。爛爛巖下紫電光符采，不數琮琥色凝截肪侔蒸栗。坡公《龍尾硯》詩：「黄琮白琥天不惜。」豈有鄭璞一鵲抵，竟作益笄三犀擲。幾豎喙硬無悔尤，孰表材美不彈射。右肱知醫經九折，西曹相士盈百適摘。金砂玉乳質還在，麟角鳳觜膠寧隔。霏霏仍落萬珠璣，殷殷更出千金石。奇氣鬱鬱青霞蔚，折痕隱隱朱弦直。急與釁沐延登册，大名錫之元圭侯即墨。

吳朱行

君不見陶朱公，兔殫禽盡辭烏喙，一醒一癡信伸絀工。良金寫狀去弗顧，千金幾散昆交中。又不見魯朱家叶，荒閲沉命干隆準，一柔一剛意氣矗。萬乘轉圜語未究，没齒弗謁髠鉗奴。吾今吳朱有朱紫，飲德作俠能如此。卓越風裁後輩看，輪困肝膽前人比。行祕書千卷，坐挽强六鈞。豹韜虎略徒云云，倒執手版參鑾軍。禄糈慆儋石，大屋坐蘭錡。官曹鎧胄雄，官廚菊杞美。衙署極雄麗，庭容千人，中堪樵，葵蕈旅生，肥美可採擷充饌。按古鎧胄曹參軍，士人清塗，今則官無禄，胥無廩，而有重任厚責，爲異耳。壯心劣憑運甓勤，豪氣叵除推轂恥。勤敏辦職，晝夜弗得休息，大府屢欲推舉，山陰吳公開閫兩粵，幣聘之，皆弗應。中柱劍道攝荊高，引錐兵謀揣婭李。兵權謀十三有《婭》一篇、《李子》十篇。袵上潛行十萬師，笥中爛貯廿一史。

遮莫三精乾軸迴，未許九縣夷庚圮。横磨鉅刃劍億重，曳地明光甲卌里。僭腰亂領踣顛倚，吴朱鐵槍生鷂子。武藝饒人，自製鷂子槍，稱萬人敵。折樹高昌稍詎侔，連臂諸葛弓差擬。勳業全依忠孝立，世孝節門也。世運正藉英雄弭。男兒努力風塵裏，吴朱魯朱奚爲爾。

贈潘廣文括蒼

潘侯二十對大庭，道侔伊吕策鼂董。鳳髓鸞筋拔萃高，春官天老神皆竦。傲兀千人辟易開，輝赫一日聲華動。衮衮未覺玉堂深，珞珞已厭蓬山重。儒林丈人吏隱間，六年吴苑一氈寒。無事猶能日置酒，有客常分月俸錢。滎陽秀出龍舒美，貴公之孫名父子。曾大父，啓禎朝名尚書也。尊君木厓先生，明經不仕，兩徵弘博，隱逸不就。內外高門門閥崇，峻望風流萃於此。方之自出而娶于姚，兩族江左鼎望，于寒門亦有奕世通好。詩爲家事擅騷賦，《木厓集》百卷，騷賦擅場。氣壓詞場鶩文史。三史之學，研摩最專。獨冷閒官意豁如，羣推大雅能卓爾。君不見中條叟，又不見昌黎翁。伏閣論事讋萬乘，隱鱗戢翼游其中。首明忠孝斥僞佞，矻然力砥狂瀾東。潘侯瓌瑋廟堂器，行誼落落前賢風。矯國革俗蔚奇志，森張肝膽輪囷異。浮薄勢利那挂眼，遏揚肯與時軒輊。遮莫朝匠徵萬言，遮莫軍諮擢五字。留滯端爲風月淹，飛騰定自雲霄致。正是蒼生霖雨朝，歲正苦旱，雖借使，亦實録也。負鼎投竿起較遲。會須早置丹青地，萬物吐氣吾見之。

和季雅金陵報恩塔詩 有序

季雅登金陵報恩塔有詩，介于和之，皆奇作也。季雅苦要予和，聊復成此，劉司空所云彰來詩之益美耳。塔戺于鬱攸，爲鄭劉唱和後事。

濠梁龍起秦淮通，皇居氣色雕雲烘。閻浮檀金塔地湧，浩劫希覯須臾逢。已無衣冠追晉代，豈有花草尋吴宫。替戾岡音相答語，恍惚疑聽景陽鐘。才子騁望臨絶頂，便擬轥顔轢謝含任吐沈，睥睨南朝跨數公。吟成搔首去天咫，爲詩二百二十字有去四一，字字繽紛散落⿰谷炎⿰谷炎雨作千花紅。紛緼漪靡迺大塊之所噫烏界切，滂葩爚煜是大冶之所鎔。幽覿地肺襲玄窞，高吭天乳捫青空。窮探極索逞怪變，石頭一紙飛空中。故鄉詩豪引領遥，睎決吻瀾翻和增。怪如昌黎雲東野，龍聳身長哦忻神。遌陬維根，角看横從音蹤。俯呑大瀛吸江水，寧以斗碩量吴淞。壯哉兩作成强對，屹然二華千仞削出雙芙蓉。丹緑五色刺七迹切老眼，塊壘百斗澆愁胸。老不勝悲啃離黍，又見建章三月吹融風。躑躅吟嘆不忍竟，爛腸夜繞閶門東。

俞拙詩 有序

秋巖，國士也，負經世大略，落落難合。鄭子季雅偕同人作真字七言長律《俞拙詩》，來屬余和。余拙之尤者，偶憶坡公送蔡冠卿有「迂闊過我」之語，戲效其意，即次坡古體韻贈秋巖，兼諗季雅。不知於諸公何如耳，聊發一粲。

俞拙國器備九能，材大性癖無一可。生成抗髒不諧俗，常恐閃榆能浼我。狂國獨穿甘井汲，倮壤偏整文冕裹。亦知方圓枘鑿違，未肯枉直尋尺頗。忽爲飢寒汗漫遊，陸脱車軸水縱柁。歸來乾笑對妻孥，依然鏟冷三日火。問拙何學希管樂，問拙何守信丘軻。遇合如拙定有時，好憶吾詩逢飯顆。

一老菴遺藁卷三

東海一老徐柯貫時甫著

律詩

春日平原道中有見輒書八首

馬東山下碧溪潯，杏樹梨花步步深。報答春光無處所，醉於馬上只狂吟。

玉面珠璫坐鈿車，蟠雲打辮兩分梳。春風解下貂回脖，露出蝤蠐雪不如。

斜控驕銜乞火吹，倒持銀管雪金絲。須臾酥暈臙脂頰，笑向風前倚侍兒。

白玉堂東彩架高，鞦韆少女鬬纖腰。紅裙隱映垂楊晚，妝點春風十里嬌。

曲水池頭倚玉闌，祓除初起曉妝寒。新來傳得江南樣，也是梳頭學牡丹。

上巳纔過寒食來，三三五五踏青回。紅妝粉面多春意，伴柳夭桃鬢上開。

日暖沙晴鬬草天，家家少女向山前。可憐閒客無長物，判賭珊瑚一馬鞭。
輕風鳳子飛成對，淺水鳧雛浴必雙。永晝迢迢春正晚，傍山樓閣盡開窗。

建蘭二首

紋窗籠碧紗，珍重護蘭花。盆是堅昆椀，泥和勾漏砂。
昨宵貪月映，移傍近南軒。急汲三泠水，微澆九畹根。

贈琴師蔡龍池

萬里秋風客思難，霜天曉角月中彈。與君相視欲無語，指上冰絃髮上冠。

贈廣陵陳淡秋

十八倡家女，居然林下風。已看花仔細，更聽玉玲瓏。輕薄争羅襪，嬌盈度錦籠。何當同一棹，秋水月明中。

高樓　陸孝廉席上，送二姬入内。

高樓不可望，平楚欲生煙。露泫銀牀葉，風吟錦瑟絃。秦娥原近日，張女本連天。敢學曹公子，多才賦阿甄。

望南海子

地入西山路，潮連北海隈。九門三月暮，萬騎一時迴。弱柳當風舞，穠花待日開。幾時給筆札，爲賦晾鷹臺。

吕西屏督學小花燭索贈二首

此日賦于飛，雙星亦有輝。妝成温鏡照，香傍賈衣霏。淺黛隨時埽，穠枝值露晞。不堪花月夜，侍婢奉朝衣。

才子聲名久，深閨亦爾聞。共傳歸逸少，不比竊文君。書幔通花氣，香奩動玉雲。閒來幾徙倚，同詠錦迴紋。

醉後贈王將軍

麟閣今誰畫，雲臺數尚虛。將軍王濬後，兵法古人餘。朔雪壚間醉，征雲海上舒。莫愁多酒債，早晚得金魚。

無題二首 爲宛鸞校書

恨不身生雙羽翰，紫清無路恨漫漫。西王母有三青鳥，不及人間錢宛鸞。

此即人間白玉京，花光香氣霧溟溟。碧瑶林裏移三樹，寶婺宫中謫一星。

無題五首

八幅飛裙罝廣裾，臨風嫋嫋亦愁余。莫教閶闔當風起，愁殺瑯琊王伯輿。王生爲郭姬畫飛裙，顧生亦畫鏡容，余皆見之。

十二年前玉照中，畫圖曾省識春風。於今標格渾無似，獨柳應先斬俗工。

只道傾城與傾國，那知能畫更能詩。深深秀句琳琅出，脈脈幽情粉繪垂。

瀟灑風塵跡大奇，肯將玉貌鬬蛾眉。無多能事留些子，第一憐才最可兒。

落落誰堪一往情，七條絲上作哀聲。當年蜀郡卓家女，今日吴閶郭玉瑛。

俞象成惠藥兼從借書

多病偏資藥，窮愁每好書。如何負空笈，更是患河魚。麥麴非時惠，心茅賴爾除。清原雖握手，芳訊莫教疎。

欽子夏迪惠將洛紙，爲書拙句成三卷，戲題卷首，兼以贈欽

改罷吟成常自詠，苦無好句動人心。閒來展卷頻頻看，倒薤垂鍼字一金。

浄繭鋪來懸勝雪，韓詩「繭浄雪難如」。弱翰書去媿凌雲。杜詩「凌雲健筆意縱横」。清言我愛東坡老，詩是三分寫七分。

送米會宇先生北歸

相逢時有幾，忽别淚霑襟。涉世交游冷，多君意氣深。草玄誰定論，先生有《覺世》諸編，

屬余論定，余未敢也，爲序而歸之。業白見真心。先生博通三教，尤深禪悦。他日交河道，西方院裏尋。

忽　忽

忽忽吾心意不如，悠悠此世計全疎。曉來到晚一無事，翻盡牀頭百卷書。租庸賦調時時急，兒女昏姻冉冉催。書窗鎮日埋頭坐，不道春光一半回。

身壹、青藜小園夜集得還字

一園霜葉掩重關，舊日幽人載往還。别後六年雲雨外，亂時三月醉醒間。酒當縱飲垂金薤，身壹工篆書。詩待催成倒玉山。莫以今宵爲勝賞，悠悠江海未開顔。

無題二十四首 爲馮静容作

萬騎長楊五柞宫，誰教窈窕獨當熊。鳳毛輦上鵾弦裏，自古佳人定姓馮。中國閨中逞細腰，玉山頭上望丰標。十年一夢皆陳跡，默默筵前拾翠翹。

横飛無算酌新羅，殢斷閒情借酒酡。玉軟花敧猶百盞，臨春閣裏醉嫦娥。

白舫青簾十日狂，温柔到處是吾鄉。相逢一笑先齲齒，道是不諧逢太常。梁芝亭舟中作。

雞舌仙郎未可期，銀河叵耐問津時。一方解穢君須記，三日還吟謝脁詩。

一日一迴須一喚，雙鬟雙遣致雙魚。家人有意來相妒，不問停橈但拆書。

丞相狐裘令尹馬，今朝被坐學輕肥。偶來花底偷生活，錯認秦王爲卷衣。

紫豪未贈佳人筆，黄絹先傳幼婦詞。只有我來題矮紙，更無人與畫修眉。姬簡索紫豪筆。

幽香占斷百花叢，翰墨風流誰與同。直得韓康親判剖，蓮峯精舍白雲東。姬以所作風蘭奇石，寄索家孝廉詩畫，戲用韓伯休爲答。

圓鏡雙娥慘不開，思君癡小尚提孩。尊前每解相如渴，諫果湯先進一杯。圓鏡、思君，姬二侍兒小名也。

繁華一去欲何如，曾在潭潭府裏居。丞相不緣愁塵尾，閣門深鎖内尚書。已下馮姬追述舊事。

跋扈將軍令挾霜，曾陪紅隊打毬場。此生不得烏頭白，萬里龍沙到上陽。

新妝事事學時宜，蛺蜨羅裁繡夾襦。南陌東城儘教看，這回已許捋髭鬚。

古來才子逞才華，未必當年有押牙。多情無那通輕俠，昨日書臨劇孟家。

詩卷分明記合歡，柔情渺渺隔波瀾。溧江淺水横如綫，便作銀河織女看。

少小窺牆愁宋玉，櫻桃花下漬羅襦。臨行擘贈雙金赤，約指如君上有珠。

竹静花深倚翠微，十年前到尚依俙。來時正值三春晚，一院濃陰映落暉。

蟠龍寶鏡終朝照，睡鴨香爐徹夜熏。每到妝成成悵望，不知何處更爲雲。

閒捉狂夫説往事，一詩一事寫窗扉。更留明日爲題詠，鞭馬霜街趁月歸。

書傳鹿蹟城邊去，夢繞桃花塢裏行。記得此中初會面，木蘭舟傍小橋横。姬歸崑山。

可能便作不相思，説向癡人夢亦疑。孤舟一枕去來慣，二十四橋明月知。姬在揚州。

一杯獨酌花前月，七字頻傾醆裏春。閒卻酒徒詩侶在，瓊花臺畔與何人。

蠟梅一樹傍南軒，夜半月明花正繁。吟成何遜詩邊句，銷盡江淹賦裏魂。

僕射風流撰玉臺，雲孫仍是出羣才。慢將翡翠裝牀去，急取珊瑚格筆來。

早春園林感興

已典春衣盡，還驚春色來。百花南向拆，一雁北飛回。濁酒從兒醉，輕羅任婦裁。平生蕭瑟意，身世幾悲哀。

過東朱艸堂戲題 家孝廉新居也

花徑不曾爲客開，數間茅屋枕江隈。再遷莫作三遷去，二仲何如一仲來。

戲阿葆

詩中有畫畫中詩，未必如伊是小時。阿翁一紙連城貴，十指懸槌笑叔癡。

張生兄弟同日花燭二首

寶幄瓊筵銀燭微，新妝聯袂入香闈。高樓華萼相輝地，頃刻乘鸞作對飛。

暫轉明河駕欲停，玉娥寶婺降精靈。朝來碧落虛無裏，張宿宫中添兩星。

虞山王髯六十索詩

烏目山頭白版扉，皁袍土銼對書帷。古來隱者多能餓，是箇纔當大布衣。

畫品書評我自能，袁昂謝赫謾相矜。風期叵那蒼髯古，月旦無堪紫石稜。

澶漫春風酒百壺，于思休訝雪沾濡。杏花菖葉應相笑，四十年前此白鬚。二十白鬚，髯家故事，誕以二月，故云。

欲雪限韻 同曾青藜

慘澹庭松色，喧啾檐雀聲。有苔封玉砌，無露到金莖。已厭浮雲重，還看颷絮輕。應知隴上者，此際輟深耕。

旅次苦雨呈沚亭孫相國三首

十日沉陰晦不開，突煙無氣榻生苔。依然此雨分今舊，若箇故人車馬回。

自知名利百無成，落落天涯寄此身。乾鵲不須頻送喜，好將餓死報平津。

青土麼絲天下聞，勝於吴蜀錦雲文。君家舊許織成贈，急送西華換練裙。

錯打更

魏侯党公、丞葉公皆有《錯打更》一絶，余時客魏，戲爲長句，用呈二公。

麗譙漏徹五更寒，乙夜聲傳丙夜殘。空使張衡愁耿耿，錯教甯戚恨漫漫。鴛幃有夢行雲斷，蚪水無情下箭難。直到投籤報曉候，依然北斗正闌干。

獨登叢臺悵然有懷二首

高臺百尺壓城闉，漳水南流不見人。極目關河千萬里，故鄉何處一沾巾。

獨上層臺落日邊，秋風衣冷未裝綿。遥憐小婦還多病，定自深閨減翠鈿。

魏宰党之煌魏丞葉時秀送酒饌游叢臺攜技錦兒再登二絶

秋風吹徹客愁醒，再上重臺倍眼明。大尹酒兼二尹酒，小蠻人挈小蠻行。小蠻，酒榼名，見白集。

銀榼明流北地酒名向曉開，玉山直傍夕陽頹。故鄉愛酒能詩客，盡日無人共一杯。

雨後再過叢臺 臺下即錦兒住處

西風側側試輕寒，積晦新晴落日殘。欲向花邊醉錦瑟，故於臺下解銀鞍。棗梨雨後堪嘗實，雞鶩秋高可滿盤。一曲一杯桑落酒，客愁鄉思暫時寬。

同袁晴巒、王三之登叢臺留別党明府二首

葛築城高正暮秋，客心無事轉悠悠。一生江海酒杯冷，萬里雲山詩卷收。爲覓袁絲同把醆，更尋王粲與登樓。明朝匹馬辭明府，漳水東西清濁流。

清漳水急濁漳深，不似今朝惜別心。秦越尊前憐去住，乾坤萍裏任浮沉。他年定隔青雲上，此日還同白雪吟。暫假霜蹄六百里，欲乘妍暖入河陰。

叢臺獨酌有懷故園欽大夏迪

不堪旅思重登臺，爽氣高秋面面開。遠樹雲連晴嶺出，遥天雁度夕陽回。四愁目斷佳

人綺，出門後未得家書。三雅魂飛伯氏杯。最想園花叢桂發，皋比獨對小山隈。

寄小婦

出門端苦憶家貧，念爾閨中病裹身。毋遣嬌兒書總廢，好扶羸質藥常親。香能損肺熏宜少，露漸沾花摘莫頻。善保玉容休怨別，可憐無益更傷人。

新春策款段過澗上草堂，風雨留三日，歸後卻寄六首

蕭爽山扉幽澗濱，經過百遍不辭頻。銀騣獨赴隔年約，雪鬢相看暮景身。余新年恰四十一，用杜句。一路雲迎樵徑晚，千巖月送艸堂春。不將酩酊酬佳節，檐下梅花也笑人。結述家孟語。

即目風光已一年，今宵觴詠倍悠然。余客春是日飲梅花下。無譁雅令徵經史，不盡清尊見聖賢。雨暗疎簾蠟炬爐，余到後，家孟始從靈巖某公索燭供夜飲。酒醒清篆月支煙。香爲默泉張公所贈，極酷烈。麴生風味争遺此，夜半殘燈獨自眠。

風雨天邊且未回，草堂三日鎮相陪。閒將往事商量遍，童時侍先公都門，陪倪文正、姚文毅游高

粱橋觀劇，時家孟方十歲，余方六歲。略就時賢臧否來。諸倚門生能鳳尾潘次耕，詩矜宅相詫龍媒吳超士。阿咸佳句吾家寶，亦是人間未易材。

元亮簞瓢本自空，若爲留殢主人翁。見愁瘦馬銜泥雨，即趁低帆舶漲風。寄載范張尋路別，張瀛夫、范山人同載先別。到家吳沈入門同。余到家，沈古乘、吳超士適至。相逢問訊徐高士，只學詩人美後宮。

淹留終日思歸去，到得歸時意緒無。大抵妻兒添惱怒，轉憐兄弟少歡娛。一般桂玉謀無策，兩地山城事或殊。別是輸君詩酒外，滿牀書卷卧遊圖。

主藥之神鷓鴣鳥，家孟二賦名。賦筆驚看風雨飛。擲起金聲作者苦，讀愁覔字識人稀。休將草木供驅使，直與絪緼作範圍。絶知孤子鈎神異，遣伴中丞五色輝。家孟有五色定窰水中丞，云默泉所贈，余以漢鈎截作水匙配之。

尹樹堂清誡三章

璧陰易移，劍首頻澤。三升清醥，旗鼓誰當；一石醇醲，梯楹無取。一曰不談。

居士春來病少思，草堂有約與君知。身年雖老書難廢，兒弱須教課怕虧。未飲酒時休問字，不看花處莫論詩。是非正法談王霸，塞耳緘脣頭欲垂。

鷗腹聊滿，蠲肉才當。非陳孟公，徒爲豪舉；豈陶士望，邀人美談。二曰不設食。

一家晏起日高舂，半屬飢虛半是慵。喜我漸能甘晚食，嗔人猶喚作朝饔。松櫊倚月眠攤飯，花檻徵杯茗飲醲。獨樂自慚知慢客，烏樏沓得百人供。

一室豈埽，半畝不治。激流植援，深慚謝客；樹籬插棘，雅味蘇公。三曰不設榻。

舊有亭臺漸就傾，眼看無計只緣貧。何曾薙艸通三徑，幸不障花惱四憐。半榻湮沉留客處，一錐剩長寄居身。八年白眼粗知白，白到今朝白始真。余年卅四作《白眼居士傳》。

清誠成復有作

静言往事，動畫傷懷。一篇之中，三章斯在。見而抵地，是所甘心；聞以覆瓿，固其宜爾。

槁木形骸心死灰，物情來往幾低徊。好琴未必邀牙賞，甘醴何由有鴆媒。稍干勢利交宜遠，略涉縱横事可猜。臨池到晚行吟遍，月白風清茗一杯。

馮少司寇再來請急入滇奉節母太夫人靈櫬歸葬台州，全家

百口出自兵中，家德雨于司寇雅素涉江往慰，徵詩頌美，斐然之作

崍筰崆峒外，苴蘭星宿邊。孤臣家萬里，節母殯三年。離别干戈際，艱危歲月遷。喪氛横白馬，殺氣直朱鳶。玉斧俄深入，金鉦遂凱還。事殊温嶠寵，跡謝馬卿賢。擁傳千峯瘴，攀輀六詔煙。求忠門始大，移孝行能全。往者兵初搆，羣疑錯與權。三乘塵澒洞，七澤沸熬煎。芒角欃槍動，磨牙猰貐顛。紛紛魚帛剖，箇箇掌文鐫。莫置甘寧酒，曾憂祖逖鞭。公才真間出，峻賞得幾先。軍帥謀盧植，盧尚書以大儒，四府舉才兼文武，再平蠻寇。此擬公撫粵政績也。官曹舉任延。任九真教耕稼，興學校，徼外慕化内屬，獻白雉白兔。此擬公在滇中政事也。鈞衡深注倚，臺閣重迴旋。致主身宜爾，懷親念炯然。崎嶇心不展，契闊淚常懸。綽楔標豐麗，太夫人久膺旌典。松楸望鬱硲。精誠玄免擾，蔡中郎廬墓致馴兔連理之瑞，擬公孝也。佳氣赤城連。鳳詔褒新廟，瀧岡表舊阡。歐陽公《瀧岡阡表》云：「修四歲而孤，太夫人守節自誓。惟皇考崇公卜吉瀧岡之六十年，修始克表于其阡。」于公事極類也。冰霜節益顯，琬琰事俱傳。盛美言無寄，鴻休佑自天。置芻徐孺子，比興在詩篇。

送外甥管增入粤四首 有序

管增，我之自出，爲後于世父予嘉公。予嘉從軍没粤，渴葬高要，垂二十年。增今兹纔廿有七歲，辭其二親，將往扶櫬歸祔先塋，而來辭于余。余不勝悲，感管氏之有子，張吾宅相也。於其行，爲四絶句以送之，首二章哀予嘉，三四述祖道之意云。

盛年投筆學從戎，裹革蠻煙瘴雨中。往事風流猶未泯，花封馬鬣越王宫。

毛生捧檄陸生裝，萬里辭家事可傷。見説高要宰木拱，白頭老母未終堂。

礮車雲過颶風寒，三伏尋常行路難。料得江靈憐孝子，飽帆安隱萬重灘。

楓落西丘叢菊開，翩翩素旐入江來。招魂好誦吴都賦，酹酒南風玉鏡臺。

沈太公子若九十

門閥今王謝，衣冠漢綺園。身强仍隱逸，家貴益謙尊。不忝公卿長，能開弟姪孫。一時執酹者，何啻十朱軒。

一老菴遺藁卷四

東海一老徐柯貫時甫著

律詩

題汪處士像 有序

黟處士汪君，余表舅氏申比部友也。往吴詩人林若撫爲鄉先正閣學申文定公激賞，游其祖孫間。處士後起，遂與齊名，集中比部、若撫唱和之作居多。比部，古人也，其取友必有以焉。惜未覩其家傳，詩則余所知也。兹其子撰以王維文所作小像請題，拜觀之餘，綴二斷句歸之。

裂月撑霆一卷詩，長留天地更無疑。委神形影憑王宰，貌箇微吟抱膝時。

典型如在古衣冠，衰白寧辭再拜難。況是開成賈島佛，曾吟落葉滿長安。

題丁蕙農小像

余欲無言形影神，鹿牀犀欛卷書勻。詩人一片心脾骨，曹霸丹青寫未真。
才下風騷大將壇，簟花深碧坐三韓。凌煙生面粗人致，好作平原絲繡看。

題雲若小像

臾蘁臾柎去是吾師，慶意才當昨暮兒。四百病中無棘手，比來蒿目俗難醫。戲用坡公語。
長松文石鎮徘回，肘後丹經九籥開。判取銀鍾酒相賞，紫房玉匕自仙媒。

題汪季青蘭花册子

此艸非凡草，雲根乃託根。自香幽谷裏，肯復近當門。
不是階庭物，寧攀玉樹叢。故將威喜伴，渲染畫圖中。
散朗見斯人，畫入花三昧。緣其託寄高，游戲得自在。
尹白畫工耳，坡公尚與詩。何如本穴老，貌此國香姿。

和宋既庭生日感懷詩四首

既庭生日感懷詩，有異代左徒之句，和原韻奉贈。指事抒情，前二章兼志余感，後二章專爲既庭感也。

從游冠蓋盛當年，登阪聯舟羨若仙。玉價珠聲一字貴，鳳毛麟角九霄傳。論交雲雨歸零落，入世風塵省醉眠。今日華筵倍惆悵，蕭然葛帔晚秋天。

幾人岐路出西州，慟哭羊曇國士求。馬鬣百年碑不朽，先文靖公大葬，既庭同山左孫仲愚經營襄事甚力，而及門有不會葬者，宦游甥姪曾無片紙之問。既庭率其門人爲文以哭，仲愚讀之，歎曰：「何減中郎《郭有道碑》也？」皐比三紀淚長流。先文靖公以乙酉畢節，既庭言必稱師如一日也。嵇延祖在孤于鶴，盛孝章存泛若鷗。傷時無巨源、文舉，二語所以志余慨也。豈少升堂同學者，謝公五畝遂荒丘。

苦爲微辭感慨多，徵書欲起奈愁何。丹崖碧嶺皆亭菊，用袁伯彥《三國名臣贊》語。紫脱朱英間育莪。用《禮緯》神獻瑞草事，時方有地震星象之警。雲裏懷襄仍是夢，雪高唐景亦生波。大言賦就終須去，散髮滄浪一放歌。

過眼浮雲任卷舒，隱囊梯几坐精廬。時賢盡著金閨籍，年少新紬石室書。蛺蝶乍驚莊夢隱，借用魏收事。鵜鶘欲賦阮情疎。暗用張茂先事。二語所以爲既庭嘅也。知君捉鼻終難免，從此人間憂樂初。

賈鼎玉過吴門，出册子屬題，成二斷句爲贈

賀蘭山下黑雲都，臺閣丹青形畫圖。今日西州貴公子，千牛猶得備身無。

將出將門年正少，輕裘緩帶一儒生。投壺蹋鞠甚閒雅，自有胸中十萬兵。

題畫 有跋

青女來時官渡空，一枝池上顫秋風。竊紅自愛凌霜色，薄醉夭斜曉鏡中。

書幌筆牀何處歸，玉樓雖在舊巢非。秋來不作蘭苕戲，只繞文君衣桁飛。

積雪封庭，老鰥牀前擁被煨榾柮，飲三錢白酒致醉，呵豪撚髭，拈木芙蓉、翡翠二絶，爲蕃侯題花鳥册子，借使文君，效致堯體，作坡公罪過，添華顛胡老他年一重公案也。放筆大噱，資老友啓顔。庚午臘月六日。

題姜葦間洞庭秋望圖二首

皮裹陽秋坳下身，三豪影好掇皮真。我今皮相題好影，文采風流澹蕩人。葦間待詔史館，故得借用唐史官隨宰相入直螭坳事。

楚江遠在吳江冷，越客深於楚客悲。誰傳落木曾波景，縹緲峯頭獨立時。《楚辭》「嫋嫋兮秋風，洞庭波兮木葉下」，亦借使也。

虞穆二兄六十始舉丈夫子，盛作湯餅，小詩志喜，從索利市，時壬戌臘月也先文靖戌生，黄岡公亦以戌，今孝廉壬戌，故有第五句。

繡褓金瓔起浴時，争傳老蜯誕珠奇。啼何須試知英物，氣已非常異小兒。接武定知壬戌貴，生年莫道甲辰雌。衰門復始歡今日，玉果犀錢四座宜。

送管坤省試同冕蔣二子載馬而行

大羽霜鈚畫夾弓，腰鞬跨馬氣如虹。鳴鞭顧笑毛錐子，萬里鷹揚豹别中。

彈指天街白虎形，握奇論策獻彤庭。未抒武庫銷兵氣，早見文昌動將星。
坐嘯長風指石頭，纛旗鼉鼓送犀舟。舷邊四馬千金騎，檣下三明萬户侯。

答陳撝謙見柬，用原韻

撝謙，海昌相國子，行五而髯，故有三四句。今道署之拙致園，相公别業，余與諸公子于其地有文酒之會。相國嚴譴，諸公子皆徙遼海，撝謙亡命特免。

名園華蕚接精廬，入室琳琅觸目如。標置獨高驃騎論，軼倫絶愛武侯書。牀抛翡翠經投筆，竿拂珊瑚却坐漁。往事謾尋直痛飲，與君白日過華胥。

用式四韻送向子久遊燕臺，時新納佳麗，詩中及之

白隄亭下山塘路，才子琴書指帝鄉。桂月臨尊傾竹葉，萍風盪槳送沙棠。休矜迷迭花中賦，卻瘦鬖鬌鏡裏妝。好去三秋蟾步穩，天香娥影又成行。

題葉桐初谿山行樂圖二首

石林文雅此文孫，漫浪常稱老佚民。幽討劇尋偃月子，遠游剛值御風人。

風月須錢買亦宜，煙霞著處賞堪追。麻鞋布襪一瓢笠，朗詠南山子幼詩。

宋既庭招同余澹心諸公過梅隱庵放生，聽笠雲和尚説法，次許旭菴韻

衛城南面給孤園，翔泳弘開大德門。風静天音聆塔語，香清帝梵與龍言。名賢聽法爲招隱，吾道聞聲是長恩。今日許詢高唱者，曾將詞賦從金根。

題丁子邁像

子邁，故友仲初子也。仲初被禍三十餘年，今覩其子，灑翰雪涕，情見乎辭。

揆日鳴絃事足悲，當年才調苦難羈。人間重見嵇延祖，髣髴龍章更鳳姿。

題馬蕃侯像二首

玉立丰儀戌削成，脩然塵壒道風清。不知梅鶴關何事，且挾琴書獨自行。
掉鞅文場興未闌，揭來談笑擲儒冠。直饒踢倒軍持水，判作彌天釋道安。

玉公和尚並雙塔下結廬，已新浮圖，復營寶閣，立碳日，塔爲放大光明。夏五偶過之，戎葵滿院，清風颯然，茶話竟日，留二斷句

澆花啜茗都無礙，問法求詩兩不妨。爲有曹溪一滴乳，此中世界獨清涼。
安心常在相輪尖，樓閣雲深花雨兼。休過百城更南望，此中日月最莊嚴。

追和黄質山大石山房八景

毛竹磴

山房在何許，幽磴接丹梯。峭蒨青葱裏，琅玕萬箇齊。

招隱橋

笑卻昇仙步，行歌招隱詩。嘉賓宅已就，橋外少人知。

玉麈澗

玉柄譚何有，松枝講亦宜。積金清見底，漱齒粲花奇。

拜石軒

顛米吾從衆，袍笏成往跡。愛奇何必同，兹軒有揖客。

青松宅

老蓋千年意，先賢傳入無。時時集雪霰，往往奏笙竽。

楊梅岡

鬱鬱連岡樹，朱宣紫實垂。酸甜三百顆，微齼憑闌時。

款雲亭

結搆亭真好，孤雲獨往還。無端一昔夢，風月暫相關。

宜晚屏

煙扉坐翠微，翠作屏風疊。倒景足佳觀，相看兩奇絶。

寄宋既庭興化

十載昭陽宦，鱣堂日夜清。土風通海氣，鄉思隔江聲。黃草吹綸細，白蓮膩粉輕。破慳還望汝，一慰故人情。

題潘小林卷子四首 有序

申公子晉裴、勞徵君在兹，爲龍舒小林先生寫照補景，作解幘披氅、企脚松石間意，長林疏鬣，清流激湍，不著一物；爛溪翰檢題句，裝成卷軸，徵和同志，以跋語相屬。晉裴，余之重表姪，少師文定公曾孫。在兹，甄胄高士，其繪事與爛溪詞翰，當今逸品第一，非謾污豪素者。小林，名父子，司訓吾邑，年未三十，風流文藻，蔭映一時。以余之託末契也，重有斯請，弗可辭，爲跋此，仍綴詩如爛溪之數。

墨瀋天機盤礴奇，毫端卓礫見英姿。寫真國士無凡手，可是尋常老畫師。

松瀑當前灑濯餘，不堪帬屐意蕭疎。分明謝赫姚曇度，申人物絶工，勞松石特妙，故有謝姚之比。標置風流謝幼輿。

宗英赤筆領彤墀，絶妙家風錦爛詩。夕秀金閨看後競，列仙儒又得潘尼。小林於爛溪，猶正叔之於安仁也。

天流日帽倚雲根，萬斛濤聲未覺喧。清徹膚神徵點漆，莫將青白阮生論。借杜「松高」句，反摩詰意。

送别黟汪四首 有序

黟汪，我輩人，弟死，破産撫孤嫠，生計益絀，挾策京都，規依大府參幕，雅非本懷。然以其才，往必有合也。丹陽蔣隱君紫真亦曰：「髯乃鳶肩，非碌碌者。」余衰遲坎壈，於世幽憤百端，知其事而相爲周旋者不過三四人。黟汪又爲饑驅以去，於其行，能無一言致憾乎？太白送武十七，屬其致愛子伯禽。致與否未可知，武十七之名以不朽。今黟汪所與游皆奇士，將涉江淮，踰齊魯，歷恒代，庶幾爲余物色之。故有末首，亦志余之於汪氣分非嘗也。

百軸雄文每自奇，才名此日動京師。叵矜感遇能高詠，捽破胡琴擬爲誰。五言特工，得《感遇》詩意。兹行挾重器以往，故并借使拾遺胡琴事。

逆旅相看作去褐衣，金盆雪足未全非。笑傾百斛新豐酒，是個鳶肩會速蜚。

我輩人難通隱兼，依賢府主亦無嫌。景行淥水芙蓉上，好著參軍捋紫髯。
別君萬憤向誰開，太白詩「星離一門」、「萬憤結緝」。誰諉臨歧酹一盃。武十七是何男子，如君意氣乃林回。

挽陳翁二首

琳宇珠宮銀榜垂，岌纏聳立鸞龍奇。天公解愛人間字，此去先書碧落碑。
記得堯年甲子無，坌塵蟬蛻亦何須。從來大耋多仙品，定證真靈位業圖。

秋閨和韻

淡淡梳妝薄埽眉，夾羅半臂正相宜。嬌癡婢子猶疑重，徹骨金風總不知。

題沈生畫卷四首 有序

沈子珮聲世以醫名，所云吴城壩頭沈氏也。壩頭在城東偏平江里第二橋圯下之三家村，舊傳其先於宋靖康間以侍醫從汴梁南渡，時吴城蹂躪之餘，室廬燹燬，人民鮮少，其始祖挈三家擇此地居焉，村之所由名也。起屋萬間，凡經亂流冗無歸者皆依之。後以其術活人，其後益大。居傍舊有龍湫，築堰其上以厭之，龍一夕爲之徙。吴人謂堰爲壩，故稱壩頭云，蓋五百餘年矣。珮聲傳其家學，濟以文采風流，文筆爾雅，畫入能品。屬其師申子晉裴繪小像，黄冠道士服，坐磐石梅鶴之間以見志，而來乞詩，爲題四斷句。家聲之遠，祖德之厚，皆可咏也，故羅縷言之。

靖康復似永嘉遷，天蹕南移竟未還（以宣切）。此地三家村裏語，飲江愛説佛貍年。

萬間屋庇萬創痍，水火才寧猿鶴宜。（用子山語。）前此平江作何景，胔陵屯下是盂池。

霸上人真證藥王，老龍移湫插天藏。明珠卻獻緣何事，三十千金一禁方。

祖德孫謀積慶餘，丹臺緑籍有除書。可能脱屣遺梅鶴，千仞青溪好置渠。

趙念堂明府示八月十四夜九霞移尊寓樓唱和詩，次韻二首

佳什來明府，良宵悵獨遊。短衣纔準酒，矮屋暫登樓。無計邀歡賞，爲君散旅愁。星橋數武地，對月但張眸。（念堂行館與余讀書地不數武，中界星橋，君居橋南，余居橋北。）

尊湛今宵酒，琴橫舊日臺。真成文字飲，厭説武丘來。好障元規扇，難逢袁紹盃。何

如倚樓會，雅坐詠岑苔。

題楊敬予小像二首 有序

楊氏自臨江五經樓來吴下，古農即以詩名當世，而潛夫實繼之。古農交吾家父子間，潛夫遂爲先文靖公高足弟子。世難以來，余兄弟講異姓同氣之好，至老不衰，先門一人耳。敬予以執友事余而加敬焉，時亦無與比者，其家風可知矣。敬予温然不勝羅綺，而詩排奡屈奇，欲駕其父祖，故有無敵難當之戲。楊之世德如此。敬予有子鑑，豐下而甚文，固于是乎在末首志之。

潛夫之子古農孫，體竟芳蘭玉比温。莫道無言但影好，新詩早已滿乾坤。

風騷將種故應奇，無敵難當又一時。還有杜家家事在，矜他驥子好男兒。潛夫私記篆杜句「詩是吾家事」，故云。

送聲碧上人行脚 并序

聲師名繼臨，吴江梅里儒門黄氏子也。祖某按察司知事，父懋昭，母吴。幼不茹葷血，六歲而孤，年十九繼父沈愛其聰儁，欲以女配之，乃棄家入郡，從深栖院主樹德剃度。今兹年廿七，將行脚入名山，遍參善知識，志堅而行鋭，一如昔之逃婚而出也。不謀於師，而來別余，爲二詩以送之。聲師有母善病，年五十餘矣。聲師以師資事余，望其得法早歸，庶幾於古人贈處之意云。

掉頭南去百城隈，雲卧星行未擬回。安樂樹神應有語，心空及第早歸來。
魔佛中間路不賒，看君撒手向懸崖。麻鞋幾緉錢底用，證取當身小釋迦。

吴省吾廣文招同泛舟虎丘，過其别墅阜東草堂，葵榴爛發，雜花相競，焚香啜茗，聽楚生彈琴，庖移盛饌，飲酒致醉，口號四首紀之

花園村並虎丘東，萬蘂千葩在此中。泮水先生真吏隱，草堂占斷百花叢。
百花狼籍不禁當，急槳邀賓置酒償。六甲行廚珍莫訝，新參風月拜平章。
茗盌香爐取次清，七條絲静泛來輕。銀塘如鏡試撩取，恐有蘋賓水底鳴。

清尊永日竟淹留，北阮偏豪大白浮。我是下中小酒户，龍鍾闌入竹林遊。

題月懷上人爲母説法圖四首 有序

月懷上人，故蘇州衛家龍氏子也。年十六，從父母乞身，捨俗染衣，依華山僧公受具足戒，親近玄墓聖恩仁公最久。今兹年卅三，母周已七十矣，繪母氏小像，而已捉麈以侍，自題曰《爲母説法圖》，意以無生報所生也。介吾門樾亭闡士來乞題，爲題四斷句。

曾誓河山帶礪來，鬚眉八尺擅奇侅。剃除那復如蓬葆，忍辱鎧披法將才。

霹靂舌飛三日聾，抉雲披霧暢宗風。不須更上狻猊座，立地看伊證大雄。

判不生天作佛遲，此間分别轉多疑。丈夫調御還諗母，禪是如來是祖師。

捉持白拂侍慈顔，蕭杌無言静對閒。教外别傳只似此，不留一字落人間。

善慶啓公五十小像題辭 有跋

北郭高賢香火期，何人方外最能詩。潛夫蕙農吾老友，盡説湖溼善慶師。

亦律亦禪縛未能，有爲功德急相仍。百年蹴踏游行半，入聖何妨是散僧。

歡喜親暱，使遇中郎所友善，尚有典型，雖無老成人，曰：「孔北海於虎賁士，取其貌似中郎，

余之北郭丁又當何如？」啓公交於吾友楊潛夫、丁蕙農，不獨以詩也，其操履寔有過人者。坐閒閒堂茶話，楊，不可作矣，見啓公如見丁楊焉。己卯首夏朔日，風日晴美，曳杖叩關，當不一題而已也。爲追題五十小像。啓公今兹年六十三，待其七至八九十，行益高，詩益工，

一老菴文鈔

一老菴文鈔

東海一老徐柯貫時甫著

序

曾止山三度嶺南詩序

元次山開寶盛時撰《篋中集》，獨取吴興沈千運，謂其挺出于流俗之中，崛起于已溺之後，凡所爲文皆與時異，其孟雲卿、王季友六人特以其類于沈而附之，則是《篋中集》專爲沈作也。乃讀其詩，人不三四首，寥寥短章，無有過十餘韻者。古人自信之篤，往往如此。

詩至今日爲極盛，幾于家李白而户杜甫矣，而予獨得三人焉。三人者何？曰：益都孫仲愚寶侗也，同郡楊潛夫炤也，暨吾寧都止山曾子也。益都公子卓□偏人，所得經奇；潛夫清真朴老，漸近自然；止山沈鬱雅淡，當其極處，能掩二子之長。三人之詩不同，其爲與時異而卓然自名一家則同也。

往余欲取三子之詩，擇其尤高者各百篇，撰爲《篋中後集》，而坎壈變故，十年播遷，皮骨空存，不復意於斯文。而三子者，仲愚年最少，不滿五十而死，方病時，猶寓書屬余定其文集，而道遠子幼，再三往索其遺文不得，今已宿艸矣。潛夫則於庚申夏余初反里時，爲定其乙酉以後三十餘年之詩，得八百餘首，爲《懷古堂集》。今春乃始得爲止山論定其壬癸子丑寅卯六年之詩，而以《三度嶺南詩》屬余爲序。

嗟乎，仲愚已矣，潛夫年七十餘，龍鍾老公，自屏荒江之側。止山長余一歲，才情横溢，意氣不少挫，其《金石堂詩》諸種鋟版行世，名滿天下，而又以《過日》一集網羅當世名卿鉅人之詩而撰次之，故其名尤著于公卿間。則是三子中，止山于詩爲最昌，乃十餘年來，挾其詩以遊長安者數矣，不特不得與於承明著作之列，竟未有能迮長江于閣中，出襄陽于床下者，而令其飢寒貰貣，奔走海陝粤嶠之間，僅侈江山之助於詩章悽惋，是重可慨矣。

次山之序不云乎，沈公以下「皆以正直而無禄位，皆以忠信而久貧賤，皆以仁讓而至沈淪」，是《篋中》所重，又不獨以詩也。余於止山及二子亦云。嗟乎，使止山策高足，據要津，乘時富貴，余又安得而序之哉？雖然，止山之詩，何所待於余序？故粗述余之傾倒於止山，而及仲愚、潛夫者，猶元氏之志也夫。

章鶴書詩集序

章子鶴書，以駿雄鴻博之才，束而用之於制義，視取科名爲俛拾地芥。其心專，其氣鋭，獨居廣坐，口營目嚅，無非是者。迨乎遇之欣戚，時之晦明，物之榮瘁，甚而寒暑饑飽，曾不一關其懷。其篤志如此，乃一躓于租挈之案，再躓病魔，冉冉以老，可爲太息流涕者也。

章子不自得，則往往發爲詩歌以見意，而以删訂相屬。余謝不敏，三年矣。今刻一編成，示余曰：「子其序之。」夫余不知詩，奚以序章子？雖然，余所知章子之肆力於制義者，今移之於詩，何患其不工？余聞之，詩以窮而後工，今章子之所遇之窮，而章子之詩可知也。且今爲章子評定其詩者，一時元魁鉅公，讀書中秘，駸駸大用，行且入綸扉，秉化鈞，主斯文之氣運者，得一人足以號于世矣，而乃三四公焉。以此而章子之詩之工，又可知矣。余雖不知詩，請以是三者論章子之詩奚若？章子曰：「是不然。僕之屬序於子也，以先師文靖公故。方社事之盛也，僕兄弟粗知嚮往，受業文靖公之門，僕尤辱文靖公異等之知，目爲渾金璞玉、載道之器，目其文爲金華殿中語，期於僕者甚厚，吾子之所知也。今雖衰遲濩落乎毀方挫觚，親媚於時義弗出也。即此一吟一咏，弗敢爲欺人駭世之言，而斤斤焉求合乎道，皆先師之教也。子而弗序，誰當序者？」

余於是而重有感也。章子名家子，才名早立，交滿天下，與難兄素文操時文選政卅年，而又有今司成董先生爲之子壻，舉凡今之甲科大官，負文望而其言足信於世者，孰不樂序章子，奚獨評定之三四公之爲貴也。顧以師門淵原之故，徵言於余，章子之用心，爲不可及矣。

今有人焉，以白屋受先文靖公獎拔，而余兄弟推挽之，自命爲詩人高士，年已七十矣，不惜賣余以附一貴人，丐其友達之，冀其憐而爲之作詩序，妄生皂白，造作語言，素節盡矣。至竟序未必得，徒爲有識鄙哄，爲之介者亦耻焉。噫，聞章子之風，亦可少媿矣乎？

推此意以讀章之子詩，則今章子之束其駿雄鴻博之材求合乎道者，庶幾温柔敦厚之教，興觀群怨之學，可以知人，可以論世，上下千百禩作者之林，校其工拙，而奚區區引章摘句爲之序哉。

劉五城詩集序

蜀君子唐子鑄萬，宦游不遂，客於吴，與黟之客吴者汪子巽三相善，謀去城市而墾田於鄙，期卜築靈岩山下，招二三素心，結隱耦耕，力作所入，倡爲吟社，牢攏六代，馳驟三唐，以與今詩家之主宋者相撑拄而角其必勝。屈指同志，實惟余與五城。唐子不妄交，其中介然可與久要者，其所取必有以也。雖然，余亦安能詩？且以余之骯髒媕斫也，余將之乎阜落之國，散髮于無何有之鄉，而耕于廣漠之野，未暇從唐子之所游也，而獨喜唐子之能得五城。

五城與余交四十年矣，其尊人默生先生以醫名海内，自錢塘僑吴，余交其父子間。五城少工博士家言，黌序之文譽蔚然。既乃棄去，業其家學，又以其餘力爲詩，力追初盛，而尤愛青蓮氏，故其詩稱心衝口，以達情適意爲主，往往似其人。始黄岡杜于皇氏爲之論定，寧都曾止山氏復删閲而存之得如干卷，其繁富可知矣。五城以吾友止山之選而未遑序也，乞序於余。

余惟諸公之交五城，皆在余後，余及見五城之爲高材生，爲名士，既乃爲良醫，爲詩人，今且爲逸民隱君，年隨境遷，而爲五城者猶故也。其詩自少作至于今，學力日益富，篇帙日益多，風氣日益變，而自得其本來面目，不肯隨時高下，故曰往往似其人。其與人交，落落穆穆，不與之游，不獨以其詩也，而其詩亦以是傳。大抵五城胸中不著一毫傿，故其臨文接物能如此，於温柔敦厚之道爲近，《世語》所稱掇皮皆真者，宜諸公之愛樂之逾久而不最也。

抑吾聞之，麗水之精，汩泥千年不蝕；荆山之英，熾猋三日不脆。真故堅而可久也，五城具是質矣，鎔範而瑩琢之，當有大過於人者。余何足以盡之哉？唐子、汪子深于詩者也，余不知其結隱之計幾時而成，然自今五城且日與俱，五城日益矣，而奚俟於余言？庚午亞歲。

［校］宜諸公愛欒之逾久而不最也，「最」字《辛巳叢編》本改作「衰」。

題彭容臣册子序

崇禎庚辰，余年十五，侍先文靖公京邸。時同郡周公玉凫、彭公點平俱官儀曹，有容臺二妙之目。周公以年家後進，彭公以受業生，昕夕過從。周公小友遇余，彭公則直弟蓄余矣。是年先文靖公分較禮闈，得士二十有一人，皆海内才儁，烈皇帝親召問，拔其尤者置禁近翰苑黄門之中，其他在郎署者又以十數。每趨師門，公讌私覿，彭公以先達甲科，爲之領袖，周旋其間，先文靖公於彭公加親。

閱六年乙酉，先文靖公告病里居，而彭公亦自瓊海解組歸。夏六月，先文靖畢節新塘，其八月，彭公亦於湖邨别墅發憤悲恎，扼吭以卒。蓋彭公本郡人，而游學於燕，先文靖公丁卯赴公車，彭公始從受學焉。庚午、辛未，遂以文章受知於姚文毅、倪文正兩先生，而其後出處生死之際，於先文靖公後先若一，斯亦異矣。

乙丑五月，先文靖公虎丘西隱專祠成，彭公次子容臣瓣香來會，相與握手道疇昔，涕洟無從者久之。容臣魁然玉立，聲如洪鐘，宛似其先人，年已及艾，尚未有子。其家酷貧，然其眉宇意氣間，軒軒霞舉，能以文行見重於時，不似余之憔悴廢學，知其所養深矣。彭公長君采臣，與家孝廉同研席，曾識之，聞其有子在轂下，守其曾大父芝泉先生之業，而采臣亦前死矣。

嗟乎，余與彭氏四十年不相知聞，今容臣以先人之故，自視猶子，頻繁往來，出此册屬題，爲述之如此，使兩家子弟他年有所考焉。若其世次勳閥行狀，則有諸老先生之序在。庚午重九。

大司馬大中丞山陰吴公應召還朝序

閒居讀史，於古今治亂之故，論其人材，求其才全德備，文武兼資，經術足以謀王體、斷國論，謀獻足以靖世難、敵王愾，成功底績，不震不竦，忠孝結于主知，威信讋于鄰敵，忠實心誠信于士大夫，以至失職坎壈之士，農夫田父之人，咨賫企慕，若身受其賜，無敢爲異同以相訾議者，後之人讀其書，思其人，感激詠歎而不能自已，庶幾猶見之若此者，蓋上下千百年而得三人焉，曰漢丞相武鄉諸葛忠武侯也，唐尚父汾陽郭忠武王也，宋太師汝南范文正公也。

是三賢者，相去蓋千百餘年，其間名臣接迹，顯當時而傳後世者，又豈少哉？然以三賢較之，則有間矣，韓子所謂曠世相感而不知其何心者也。間嘗夷考其行事，立朝有本末，學問有原委，置身於伊呂管樂之間而進退焉，豈尋常功名之士可同年語哉？夫自伊呂有管樂，自管樂有諸葛，更五百餘年有汾陽，又三百餘年有文正，自文正僅六百餘年而乃有今大司馬大中丞山陰吴公，不岌岌乎其難哉？

公起縣令，膺特簡按察于閩，平賊有功，巡撫本省，靖海氛，總督兩粵，清藩孽，經營規畫，身披荆棘，手剪鯨鯢，其功業彷佛武侯渡瀘，汾陽、文正之收河北、扼西夏也，固已赫然震耀於世矣。其發爲文章，忠誠懇惻，則武侯之不黼文采而開誠布公，與《伊訓》《説命》相表裡者也。退讓不伐，則汾陽之持盈守謙，感悟人主，所稱天降人傑，生知王佐者也。其敷陳理道，則文正之饑渴于仁義禮樂、忠信孝悌，天下信而尊師之，蘇文忠所稱德之見于心而發于口者也。

噫，若公者，豈非才全德備，文武兼資，兼三不朽之盛，而無微間者歟？又豈非千百年間氣英靈應期名世者歟？而余私心景慕于公者，則尤在公之能待士，而猶及見古人之盛德遺風，爲不可及也。

公爲縣時，治所去余家百里，而近士無賢不肖，無日不趨公之門，人人厭所欲，皆曰吴公親我。我友寧都曾止山氏，貴公子落魄吴市，其葬親也，一開口，公解千金應之，止山每爲余言而泣也。迨公之假鉞開閫也，士大夫以閩粤爲歸。公官日益以尊，禄入日益以富，而公無幾微自得之色，食不兼味，衣不重帛，約己豐物，其待士則一如爲縣時而加厚焉。吾友潘檢討稼堂氏左官薄游歸，而爲余道公不置，蓋津津有味其言之也。意若公者，其意度深沉，又可以尋常富貴之情測量也哉？

公今將歸朝矣，入居台鉉，獨秉化樞，綰將相之兼權，總吏兵之二柄，當更有大裘廣廈，覆被天下寒畯，亦必有奇偉英傑之士，出之夾袋而登之天衢，落落然參錯天下，大庇生民，使萬物吐氣，以鳴公得士之效者。此則汾陽、武鄉之所未逮，惟文正庶幾有焉，亦各以其時也，而公乃優爲之，猗歟盛矣。

朱生襄于公爲縣時受知，公之在閩粤也，吴人至必詢朱生佳否，存其老母，慰薦之甚厚。襄誠孝人也，感公之恩，罔知所報，於公之赴召也，將謁公維揚，操頌以進。而其力不能干當世名公鉅卿之有文望者，與余有連，乃私纂公前後政績勳閥，乞序于余。

余惟卅年知敬愛公，而未遑一見。今幸以文章通姓名於公，弗敢以固陋辭，爲述鄙懷，居乎尚論，而確有以見公之卓卓爲古天民大人，而非輓近人物之可比擬者，而實以吾友曾潘二氏之説，以識余之傾慕于公者久且至。若夫公功在太常，事在史館，朱生所纂，概未稱舉，以滋挂漏，亦艸野立言之體然也。是爲序。

送唐鑄萬遊平凉序

吴下寓公以十數，唐子獨以文行高，一時争相館穀延致之以爲榮。顧唐子孤行介節，其家日益以貧，將爲平凉之行。平凉絶遠，同人如某某輩皆不樂其去，議所以尼之，而折衷於余。余曰：吴興許逸林先生以望郎一麾出凉，唐子先君壬午分較浰闈所得士也，唐子之往游，固其宜耳。唐子常爲余道逸林先生之賢君子人也，焉有賢君子而不厚其故人者乎？唐子又賢者也，焉有賢君子而不厚于賢者乎？

往余家難，避吏轂下，時辛卯、庚寅間，靖海高文端公位少宰，益都孫文定公居選鈞，郊迎致館，廩餼加禮，比歸，餞送亦如之。余年少氣盛，習見先文靖公之所以待進賢傳閣學公子，視其禮爲固然，有譙責而無辭讓，回思多可咲者。余覆巢之餘，庚寅以後二十餘年，閉户優游誦讀頗資之。今唐子行年六十，未舉丈夫子，爲旅人寓公，思營宫一畝，力田二頃，謀嗣續爲其先君烝嘗計，則二十年生計作活，斯行是賴，而又何尼焉？

嘗讀蘇文忠詩，公之官杭官密，守汝守徐，歐公諸子無不與俱者。其詩曰：「我觀文忠公，四子皆超越。」又《和趙德麟》詩云「二陳既妙士，兩歐惟德人」、「五君從吾游」、「茲游實清醇」、「那知有聚散，佳夢失欠申」。其他與叔弼、季默篇什往還，戲嬉詼調，情致亹亹，纏緜百端，風流忠厚，至今讀之，令人徘徊慨歎，感慕於無已也。許先生，今之蘇文忠也，唐子又爲余道先生詩極高古，吾知唱詶往復，繼蹟歐蘇，必自斯游始矣。同人引領下風，仰高唱而誦盛事，爲唐子慶者。歸時我猶得洮豪記之，而以茲序先贊其行。

繡谷送春圖序

歲己卯四月六日乙未立夏先一日甲辰，直建蔣子樹存集同人於家園之繡谷，觴詠暢敍，名之曰送春之會，屬善畫者爲圖，介鄭子季雅而來乞序。余惟人之大凡，有所爲，必有所不爲，有所爲而其微指口不能言者，托於當世之善爲文者作爲序記，而後其人與事可傳。若夫青陽受謝，朱宣代興，駘盪潛移，長嬴默禮，平分四序，穹綷往來，惟怨靈脩，傷遲暮，坎壈不平，則靳之。蔣子非其人也，余烏乎而敍蔣子哉？

雖然，今茲三春，吾郡不無事矣，皇皇趨走如鶩，徧國中皆是也。甚者處士充隱隨駕，自詡文人，火馬驚蝶，相競春夏之交，殆詩人所謂許人尤之者也。蔣子蔭藉膏腴，交滿當路，詩筆文藻，隱映時賢數輩。顧乃息影却步，淡然無所營，復招彼諸公，成此盛集，是可圖也，是可詠也。

閒嘗論之，文酒賞會，代不乏賢，蘭亭西園，尚矣。其照人耳目，弈弈如目前事者，莫踰於顧仲瑛之玉山雅集，彼有鐵崖爲之壇坫，其客則有王黄鶴、張白羊、倪雲林、楊眉菴，其姬侍則有翡翠屏、天香秀、丁香秀、小瓊英，方外則有張雨、于彦、元璞諸人，而又能揮斥阿堵，穅秕錢物，用之如不及，故其聲名煊赫，至於如此。

蔣子斯舉，客幾人，詩幾首，觴幾行，余既未與會，不能如鐵崖之記，一一指目稱舉，亦不知座上客有鐵崖諸公其人否，有名姬及方外高流否，能如玉山之揮斥不倦否，古今人得相及否？是固未具論。夷考其時，作會之際，蔣子之志加於人一等矣。故不辭捉筆，效昌黎公送楊少尹意而爲之序，不審季雅亦以爲何如也？是歲中秋之望，東海一老柯題于三千六百釣臺。

［校］于彥，原作「于立」，今改正。必有所不爲，「爲」字據文意補。

吴應四七十壽序

吴先生應四，弱冠才名傾一時。時尚湖毛子晉氏以好古聚書，招延知名之士館汲古閣中，相與斟酌今古，考究同異，而應四爲上客都講，與陳徵君眉公、錢宗伯牧齋諸公上下其議論，諸公未嘗不折節慢歎也。

鼎革之際，毛氏困於踐更，賓客散，應四歸郡，依其季父黄門幼洪於葑溪，教授里中。時耆宿都盡，應四號里中大師。素善陳孝廉確庵，確庵築土室蔚材，特延以訓子。應四因復往來於支塘、直溪之間，盡交其避世隱君子，而尤於織簾、玄功結忘形契。

丁未冬，益都公子孫仲愚來會先文靖公葬，留吴門。仲愚奇士，以文章意氣，牢攏東南，聲藉甚，子晉子黼季與訂友，設大會白隄亭下，名姬畫舫，勝流畢集。仲愚稱之小毛公，邀余過之，余於小毛公座識應四也。迄今廿有六年，仲愚已宿草，追數座上客，惟余與應四在，而應四遂已七十。其自壽警句云：「年是大鈞全社櫟，身經少海閱滄桑。」感慨係之矣。

同時有旻絲者，妄男子耳，假徵君、宗伯之緒言餘論，干索歷詆，人畏其口，而應四泊然無營，閉户授書，屢空晏如也。又有太原生者，以校讎客尚湖最久，後去而客於部使者，與小毛公相惡，毛氏鄙而恨之。而應四於確庵、織簾、玄功諸公交誼，更死生盛衰不渝，與毛氏數十年相好無間也。嗟乎，若應四者，其所養所守，可不謂之有道君子哉。

應四，余母族也，與余敍中表，近又以幼女字余從孫壎。壎從余學詩，故應四與余加親。兹於其生辰壽言，爲序之如此。

馬蕃侯七十壽序

往士論推扶風三侯，不啻荀龍薛鳳。時三侯皆以妙年能文，有聲黌序，余心雅慕之。三侯者，其侯、留侯與余居比隣，余因兩侯而又獲識其從弟蕃侯也。時先文靖公持節使江右，過家里居，而兩侯尊君中丞公方以賢良徵入對，筮仕宦粵。天下已多故，而三吴尚屬全盛，同人修承平文社故事，雍容壇坫之間。余與三侯相樂也，亦相好也。此爲壬午、癸未間事。

過是以往，中原横潰，家國之故，有難言者矣。嗟乎，世故推遷，交道日漓，公叔之所譏，孝標之所論，而其侯獨以余爲久要，蕃侯又以其侯之墜言餘論，其侯每語蕃侯，必曰徐仲絶倫。與余加親，可不謂難哉。蓋余與蕃侯交五十年，今蕃侯年已七十矣。自其少時，衣冠整潔，言温行恭，五十年如一日，而其鬚髮容貌顔色，亦與五十年前無大相異者，將養之於内者深而能若是耶？抑受之於天者，獨詩人所稱天錫難老者耶？

吾聞古之得道異人，多出於兵間俶擾之秋，故安期生曾以策干項羽，而浮丘伯於秦火之餘出而授《詩》，孫思邈周宣帝時隱居太白山，至唐永淳間猶在，晉水部員外郎賀亢，宋大中祥符中東封，上謁道左，元祐時尚存。孔子謂仁静近壽，仁以接物之誠，静則藏身之固，兵間俶擾，非是難免，天故特生異人於其間，與以長生久視，裨之導迎善氣，葆育太和，閱歷於陽九百六之會以回其極。蕃侯殆其人耶？蕃侯之壽無量，於今七十徵之矣。

盧照鄰之論孫思邈曰：「思邈殆數百歲人，而自言生隋開皇辛酉，亦九十三矣。視聽不衰，神明甚茂，古之聰明博達不死之徒歟？」蘇文忠公之贈賀亢云：「生長兵間早脱身，晚爲元祐太平人。」又云：「曾謁東封玉輅塵，幅巾短褐亦逡巡。行宫夜奏空名姓，悵望雲霞縹緲人。」嗟夫，孫賀往矣，獨昇之、坡公之言在耳，而今人每喜道之，若將旦暮遇焉者。余與蕃侯，其言庸得已乎？是爲序。

吴廣文五十壽序

吴先生省吾以貴公子孫，己酉登賢書，一時才名傾動東南。閱十年戊午，遏選司教於松之下邑，復於濠於吴，凡三徙，而徊翔一氈者幾廿年矣。向之同舉於鄉者，其才名未必能出先生上也，或擁旄仗鉞，節制數千里，或珥彤簪筆，在日月之際。即先生分校溯闈所取士，皆以歷清塗，登華貫，濟濟周行，非一人矣。而先生安於閒散，立程課，校文藝，孜孜矻矻無倦。又以其間招延方聞遺佚之老，與之論説今古，考究得失。入其室，圖史卓犖，花藥紛披，茗香酒旨，先生有以自樂也。

方今仕路多端，恒急於才，以先生乘時策高足，立致通顯，非難也。而先生不爲，論者每爲先生屈，或又議其拙也。余曰：是大不然。士顧自待何如耳？崔烈，漢之名卿也，銅臭見詆于其子；柏直，魏之大將也，乳臭見嗤於敵國。不特此也，賈生王佐才，孝文之賢，絳灌乃害其寵；蘇子瞻一代偉人，英宗之明，韓魏公不欲進之驟。噫，崔烈、柏直不足道，賈生、蘇子瞻猶尚若此，士可不知所以自待哉？

《論語》夫子與端木氏論士曰「行己有恥」，《左氏》之稱隨武子亦曰「能賤而有恥」。先生生于東林道學之鄉，曾大父、大父皆以甲科起家，都禮垣，官駕部，爲先朝名臣，而其尊君武揚先生，以明經飭行，親炙端文、忠憲兩先生，爲東林都講。先生胚胎前光，淵原師友，自少壯以達於知命之年，守身如處子，重規疊矩，不失尺寸，庶幾于《論語》《左氏》所云者。顧肯橫翔捷鶩，争一日之進爲榮哉？

鮑子都之在漢廷，每言公門省户下，所與共承天地、安海内者，無有大儒骨鯁，白首耆艾，魁壘之士，議論通古今，喟然動衆心者，臣未之見也。詩人杜甫《昭陵》之詩云：「文物多師古，朝廷半老儒。」貞觀之治，幾于三代，而甫所稱道，括于二語，與子都同意。儒之重如此，然非養之素，守之確，未見其能爲儒也。

先生服官政之年，已巋然稱巨人長德，更一二十年，望益高，養益厚，應當宁，承天地，安海内，致貞觀之治者，舍先生，其誰與歸？斯則世道之幸，而非余一人之私也。是爲序。

□□□□□

□□□□□□首《母儀》，序曰：「行爲儀表，言則中義。」夫□□行之□宜如此，故能訓養子孫，成其德業。以余□於經史載紀，如《左氏》所傳，介子推之母之賢爲不可及矣。何也？以晉文之賢，子推有從亡之勤，稍一自言，禄賞立至。觀其母子相慰勞數語，於辭讓是非，廉恥羞惡，明智斬截，卓卓如此，成其子千載之名，不虚矣。

陸子其清交於余，十年所矣。見其購書甚勤，閉户讎勘，意氣自如，不汲汲於勢利，知爲狷潔有守之士。既讀黄岡杜氏所作母□十壽序，又知陸子之有賢母也。以陸子之才，何難横翔捷騖，如今世浮薄子之爲者？陸子言有物而行有恒，旦夕依親膝而不忍離，出必謁於母，母詰其所如往；其歸也，必問所見聞，所見正人也，所聞正言也，母則喜笑有加，稍不然，噍讓隨之。以故陸子能安其貧，堅其守，隱然爲鄉閭推重，豈非其母之教乎？

嗚呼，世以勢利相競，苟勢利焉，寧知辭讓是非、廉恥羞惡爲何物？陸子母子如此，與介母、子推雖有大小家國之殊，其識道理、厲廉恥則一也。豈非今人中之古人哉。

嗟乎，古無傳列女者，有之自子政始，而范蔚宗取以入史，後世史家因之莫或廢也。□□□□□□□母踏門而告者屢矣，經歲無怨色。□□□□□間祝嘏之辭，效史巫紛若者，不足爲其人重，余亦不善爲之。故述陸子之砥節厲志如此，作贈陸子序，以爲後之傳列女與逸民者告焉，他不論。

楊安城七十乞言序

山陰安城楊先生，於順治辛丑，吴興大□□□連染，編管寧古塔，挈其孥以行。今經三十有□年，去家且萬里，而伉儷垂白無恙。遷所生□□已壯，娶婦有孫矣。先生本以舍匿沉命坐，雖獲罪而義聲震朝野，守將雅重之，待以客禮，故能以計倪術，累貲致千金，于其地爲豪家，豈非奇士哉。

先是，先生行時，二子尚幼，留奉墳墓，今皆賢而有文，士林所稱可師、楚書二楊子也。今兹辛未，先生夫婦登七十齊年，陽月五日生辰也，二楊子規於是日親爲兩親上壽觴，而徵故鄉之能文者一言以娛樂之，當亦不匱之君子所不辭也。嗟乎，以安城先生國士之風，二楊子孝子之志，當代不乏無價手若杜韓詩筆爲之發揮者。而余固陋，輒弁數語，爲吾里諸公穛粃焉。是歲二月之朔，東海一老柯拜手序。

潘木厓先生壽序

木厓先生以謫仙人後身，幼標神童之目，馳騤詞場，牢籠文苑，吐鳳襲子雲之奇，截錦奪景陽之麗，不翅衙官屈賈、陪臺曹劉矣，故雖遲遲江介，而近代之論風騷者必歸焉。爾乃棲情巖壑，繕性丘園，郊居研隱侯之賦，游仙續景純之詩，直欲把袖浮丘，拍肩洪崖，故雖顯晦人區，而近代之論隱逸者必歸焉。

今以大隱之德，躋大耋之年，值覽揆之辰，上自京朝公孤卿相，外而岳牧侯伯，薇省石渠之英，蘭臺金閨之彥，疇不掞藻摛文，籲虎龍，鏗金石，介璧幣，陳祝嘏于長筵之側者，於先生之懿實盛美，高情遠韻，揚推而大書之矣，復何容贅一詞也？今吾同人之謀所以爲先生壽者，則以先生之子括蒼廣文司訓於斯也。

廣文君之來也，年甚少，才華文藻，隱映時輩，而能砥礪廉隅，激揚名教，不以閒局冷官自弛易，屹然如鉅人長德，咸指爲他時公輔之器，邑大夫有事必諮而決焉。每旅見於憲府及臺使者之按學者，必揖而問先生起居，先生爲廣文君重，而廣文君亦以重先生也。於是而歎先生世德之厚，而家教之善之爲不可及也。

潘之先，師正者生陳隋之季，至唐永淳，年且百歲，隱居嵩少，至令帝后欽遲，啓仙遊尋真之門，造翹仙之曲。遭遇如此，而碌碌無奇，賢士大夫無稱焉，亦不聞其有賢子也。或曰師正傳其道於司馬子微，師正奉母至孝，廬墓不娶，弟子猶子也。然子微在開元數對内庭，其所建白設施，定五岳神位，三體寫五千三百八十言，而已身豈足爲先生父子道哉？用以擬之，亦過矣。

吾聞古賢聖豪傑之士，其名多在丹臺絳簡之間，故幼而爲神童，壯而爲名世，晚而爲仙伯，真靈位業之紀，不可誣也。而傳記所載神童之顯者，莫如唐之李泌。泌之居衡岳也，杜甫以詩寄韓諫議云：「玉京群帝朝北斗，或騎麒麟翳鳳凰。芙蓉旌旆烟霧樂，影動倒景摇瀟湘。」又曰：「周南留滯古莫惜，南極老人應壽昌。美人何爲隔秋水，安得置之貢玉堂。」比之張子房，而望諫議之貢之也。昌黎亦有《送諸葛覺之隨州》云：「鄴侯家多書，插架三萬軸。偉哉群聖人，磊落載其腹。行年五十餘，出守數已六。臺閣多官員，無地寄一足。吾雖官在朝，氣勢日局縮。屢爲丞相言，雖懇不見録。」夫行年五十，六典大州，未爲不遇，昌黎深惜之，其賢可知，不愧名父之子矣。

先生父子，蒼生之望，故於廣文君之歸而太公舉觴也，徵鄴侯父子事而頌韓杜之詩以致意焉。廣文君春秋方富，待至隨州五十時，則且接迹夔龍，簉羽鴛鸞，在日月之際，而先生亦已享遐期，膺天寵。《傳》曰：「公侯之子孫，必復其始。」余於是時，請爲歌金鐘大鏞、冰壺玉衡之句。

金蘭集序

崑山顧仲瑛，無錫倪元鎮，吴縣徐良夫，皆以儒雅文藻樂施予喜賓客，有名於元之叔世，鼎峙二百里間，海内賢士大夫聞風景附，一時高人勝流、佚民遺老、遷客寓公、緇衣黄冠與於斯文者，靡不望三家以爲歸焉。至今披其遺文，攬其軼事，令人遠想，慨然思覿其人於數百年之上，與之周旋文酒之間，而嘆其風之邈乎不可追也。然三子之招延結納則一也，其所以招延結納者有異。崑山之園池臺榭，餼館聲伎，籠罩當時，觀鐵崖玉山之志，雅集二圖，近乎豪士之舉矣。雲林之精廬傑閣，丹彝花藥，傾動斯世，觀其一面之契，贈米百石，近乎俠者之爲矣。良夫家鄧尉，去城三舍，有湖山之勝，寒梅秋桂，天下獨絶。客至相與行吟藪澤，弋釣艸野，高譚風月，幽品泉石，猶有隱君子之風焉。後人撰往還諸賢贈處詩，都爲七卷，名曰《金蘭》，斯集是也。

間嘗論之，元世政寬民富，習俗好文，江淛間歲舉詩社，風流弘長，燕賄優渥。兵興之後，臨川饒介之羈旅吴門，居采蓮涇上，猶能引集名士，賦《醉樵歌》。張仲簡詩擅場，贈黄金一餅；高季迪詩第二，白金三斤；楊孟載詩第三，白金一溢。豈特倜儻揮斥，雄駿可喜哉。其品第裁量，藻賞醖籍，足以大服乎人之爲足貴也。三家之賓客日進，亦猶是耳。

嗟乎，今之人厚自封殖，目不知書，仇視文士，落一毛而蹙頞，損半菽而攢眉，家累千金，刺促憂貧，若不終日者，比比也。以視金粟諸公，度量相越何如哉？故諸公者所爲，未盡合乎道，要亦君子之所不廢也。若良夫，則庶乎其近道矣。迄于今，界溪之玉山佳處，淮海張渥用龍眠法所圖而不能盡；雲林之清閟多寶，商胡估客所遥望而不敢入者，皆已不知處所。而集中所稱之遂幽耕漁，更四百餘年，良夫之子孫實守之，是又不可以觀乎？

良夫子孫多賢者，余所識如昭略大業氏、雲若仁彝氏，皆奇士也。大業亦嘗有意斯集，以家難輟輸。仁彝不忍其先澤之泯也，力蒐博討，網羅放失，五易稿而成書，尚患流傳訛舛之多，謀加刊正，鋟板傳久，來正于余而從乞序。余芟其冗長，乙其紕繆，爲序之如此。仁彝讀黃帝、岐伯之書數百萬言，與先孝廉結忘年契，人以比山谷之初和甫。良夫之家風，將於是乎在。日躔鶉火之次，東海一老柯題。

周雪客虎丘雜詩序 代

坡公作《鳳翔八觀》詩，序云：「詩記可觀者八也。昔司馬子長登會稽，探禹穴，不遠千里，而李太白亦爲七澤之游至荆州。二子蓋悲世悼俗，自傷不及見古人，而欲一觀古人之跡，其勤如此。鳳翔士大夫之所朝夕游此八觀，又跬步可到，而好事者或遺之，故作詩以告夫欲觀而不知者。」

虎丘，吴地名勝，士大夫游屐必經，然不過坐千人石，登萬歲樓，曰觀止已耳，鮮有搜奇弔古、幽尋遥矚如周子雪客之爲者也。周子作《雜詠》十六題，感慨激昂，寄托深遠，其用心殆與坡同，而詩則倍之，於以詔後之遊虎丘者，俾得所觀焉。非濟勝之嘉惠，而登陟之美談耶？

褚彦回有云：「凡物所稱，恒過其實，惟虎丘所見，逾於所聞。」噫，使彦回生今日，讀周子之詩而次第討求之，不知其將又作何云也。

［校］詩記可觀者八也，原作「八觀若可觀者八也」，今改正。

閔雨詩序

唐之文章，至元和而特盛，元白於其間創爲新體，樂府諷諭，篇什流傳，指陳風政，討摘時情，千載而下，得其同心，可謂能言之士者矣。今之人把筆不知好惡，便相呰嗸，目爲輕俗。試問之，亦曾流覽《長慶集》，識其指歸以否？此皇甫持正之所謂大病也。雖然，毛氏序《詩》，首曰風，「上以風化下，下以風刺上，主文而譎諫」。余每讀二集，至《上陽白髮人》諸篇，爲之欷歔扼腕，齰齗而不能終誦，在當時不知何以略無鯁避至此？於以見唐世文字禁網之寬，而私竊以二公於風人之旨亦不能無少戾也。

南沙氏居茅屋之下，懷漆室之憂，凡有所作，俱非無謂而出者。右詩以閔雨而成，幔亭騷壇夙將，南屏文陣雄帥，相爲唱和，其辭隱，其文深，真風人之遺。雖有昨暮兒善毁，諒不能以輕俗加之矣。

經史提要序

士生今日，以科舉之學相尚，速成捷得，日趨簡陋，有終其身未覩五經文字者，矧十三經漢唐註疏之書乎？全史固未易辦，温公《資治通鑑》、紫陽《綱目》又爲庸妄子芟訂，幾于斷爛朝報，貽誤後生。甚矣，今日經史之難言也。

金子露公，固嘗以時藝見知於大府矣，既而屢試不得意，乃有志於古，泛覽之下，間取前人論議稍異於今之訓故者，輯成八卷，名曰《經史提要》，刊板以行，世必有知之者。語曰：「少所見，多所怪。」余固不足以知之，然金子之趣如此，與世之不悦學而挾恐見破之私意、强顔楮梧曰無學不害者，相去遠矣。

震川先生之言曰：「典籍，天下之神物也。人日與之俱，其性靈必有能爲開發者，況又爲之紬繹擬議以成其變化乎？」吾知金子之日進而未已，從此于經史之學盡讀石本佳刻，極深研索，而且及於《三蒼》《五雅》《凡將》《急就》之文，以勒成一家言，於以藏名山，懸國門，吾猶刮目以見其再刻三刻之行也。

金子自其大父□□公以名孝廉宰南城有循聲，世以文學顯，居桃塢，與先文靖公吳趨故第爲城西同里。今余僑寓臨頓，金子亦復移家，自西來東，得共晨夕。刻成乞序于余，世舊之義，不可辭也，故序。

［校］石本佳刻，「佳」原作「維」，今從《辛巳叢編》本改。

管予寧詩序

管子予寧，於學無所不窺，於書無所不讀，作爲史論及諸説數十百篇，既已究天人之際，通古今之故，極性命之微旨矣。而其詩復涵演閒遠，幽情雅韻，雜之《篋中》《漱玉》諸集中，古人未能或之先也。昔人評嵇叔夜詩，人品胸次高，自然流出；阮嗣宗若剡溪雪夜，孤楫沿流，乘興而來，興盡而已。予寧嵇阮儔也，故其詩似之。嗟乎，予寧之兼長獨擅有如此，每深自晦匿，不肯輕以示人，而詩尤所矜閟，遇人輒曰：「吾不能詩。」得窺其著作者，緒蒼舒氏、蔡九霞氏及余三人而已。

余戲語予寧云：「子不聞尹文子之説黄公二女乎？齊黄公二女皆國色，自恃其美也，每謙於人曰：『吾女醜惡。』而醜惡之名遂著一國，無敢聘者。今世之登文壇而主齊盟者，固皆殊絶之才，然人亦類駴其言而宗之耳。唐進士相謾有一謙三十年之語，未必能識其真也。子之謙也，無乃過歟？」

管子曰：「吾《戒夸》一説，固言之矣。皇甫持正云：『近來風教偷薄爲甚，争爲虚張，以相高自謾。詩未有劉長卿一句，已呼阮嗣宗爲老兵矣；筆語未有駱賓王一字，已駡宋玉爲罪人矣。此時之大病，所當深嫉者。』蘇文忠云：『鬻千金之璧者不之於市，而願觀者塞其門。觀者太息，而主人無言焉。今坐五達之衢，呶呶焉自以爲希世之珍，過者不顧，執其裾而强視之，則其所鬻者斷可知矣。』余説固不足道，豈子未讀兩賢之書乎？」

余弛氣愞墨，無以應也。因書其言爲序。

鄭季雅丙子詩序

鄭子季雅，沉鬱之思，雅淡之才，祛陳言，鍊警句，鏤心鉥腎，争奇奥於長吉、閬仙之間，極才人之致矣。出所業問世，先以丙子一歲之詩，精加簡擇，得如干首，典衣剞劂，來乞弁語于余。余曰：「子不遇時。當社事全盛之日，主齊盟者，藻鑑自將，題拂所及，詩有季雅一句，登之騷雅之壇，命爲文章之伯，聲名部發矣，豈復是栖栖者歟？」客從而難曰：「千古得士稱昌黎翁，昌黎作《諱辨》、贈無本詩，推挽揄揚，非不至也，賀究未舉進士，島終爲屈人。今子所稱諸公，將其氣力遠出於昌黎耶？且吾子堀穴窮巷，不交當世，庸詎知世無其人，而遽爲鄭子太息哉？亦早計矣。」

余不佞自就外傅，侍先公後，所游從者，海内鉅人魁士也。見其推獎後進如不及，後進非有求之也，必爲之計朝夕，資俯仰，寬然不營，俾得一意勵勉學問，鏃礪名節，造就樹立，卓然表見於世，豈榮進利禄之云哉？語曰：「士無賢不肖，貧者鄙。」諸公之時，名下固無貧士矣。長江《病中詶韓愈書問》「身上衣蒙予，甌中物亦分」，乃知諸公之用心，未嘗不與昌黎同也。

嗟乎，余僻陋寡與，誠有如客所譏者。今季雅之貧特甚，又將爲遠遊，當世之有昌黎與諸公以否，余於鄭子斯行卜之，故次一時答客難之語，冠其刻之首。

［校］賈島《卧疾走筆酬韓愈書問》詩云：「身上衣頻寄，甌中物亦分。」

堅瓠集小引

劉子政號博極羣書，所奏《七略》有雜、小説二家，而推原其出於古之議官、稗官。而余考其篇目，雜昉於黄帝史孔甲盤盂，而小説則有堯《務成》、湯《伊尹》文、《鬻子説》等篇，若張平子所稱虞初九百，又其後焉者也。

吾郡褚子稼軒，好古多聞强識之士也，所著《堅瓠集》，次第鋟板，流傳人間久矣。兹復有全集之刻，而乞其序于余。褚子爲吾友蒼書氏猶子，蒼書言語妙天下，業與諸公序作者之意及所以命名者，揚搉無餘藴矣。余特取其有合於古之議官、稗官，以爲將來志藝文者告焉，或亦野史亭之一助云。

［校］兹復有全集之刻，「全」字原作空格；蒼書言語妙天下，「天下」原作「天子」，今據康熙刻本《堅瓠集》所載徐序補改。

道中吟題辭

嚴滄浪以禪喻詩，東澗翁深非之，惡其以妙悟二字疑後生而便不學也。間嘗論之，稱詩者果於禪有悟入，能玲瓏透徹，如所謂瀾翻餅瀉，下七十轉語而無滯者，其於韻語乎何有？謝玄暉云：「好詩圓轉如彈丸。」是禪喻詩或未可，而通禪於作詩未爲不可也。

錢子萬青居北郭市集，假端木子術，馳騁四方，所過名山耆宿，必參請無虛，相與扣擊，資其印可。故發爲詩，清深簡遠，有塵外風致，自名其詩曰《道中吟》。登首陽，慨慕乎夷齊；過令支，緬想夫管樂。俯仰興懷，望古遥矚，所謂道中者蓋如此，其中固介然不與俗同也。好交勝己，吾友九霞蔡子、五城劉子皆與游好。九霞已爲序其詩刻矣，兹復介五城來乞余弁其《道中吟》。余嘉其能詩，兼其能禪，真不汩於俗也。爲題。己卯孟陬，東海一老徐柯書於三千六百釣臺。

傳

少司寇王公家傳

公諱心一，字純甫，别號玄珠，吴郡吴人也。祖應賢，父有極，爲邑高材生。公年十六即補博士弟子員，父子皆有聲黌序，中萬曆乙酉南京鄉試，癸丑舉進士，授行人司行人。

熹廟初元，考選入臺試御史，尋真授江西道御史，改山西道。值客魏亂政，公侃侃立朝，抗疏極論，奉嚴旨鐫責者五，降級調外者再，巡視蘆溝橋、巡按廣西、掌浙江道印者各一。天啓末，以保接忤璫御史劉大受還道，爲逆閹義兒崔呈秀所惡，削籍爲民。公在臺首尾七年，如論户部撥奉聖夫人護墳香火田土，工部敘魏進忠大行陵工勞績，救忤璫講臣文震孟，救削籍給事中朱欽相、倪思輝，救逮問吏部主事周順昌、御史周宗建，或大廷疏諍，或朝房口論，義形于色，流涕被面。時方與科臣黄承昊、御史牟志夔等争内臣出鎮不得，公去而舉朝無復敢言者矣。

崇禎改元，璫敗，呈秀誅，即家起公原官，刷卷京畿，奉旨監武闈，侍經筵，駸駸嚮用。公自以遭遇不世出之主，益發舒其所欲言，首劾罪輔馮銓爲堯舜之世逋誅之四兇而褫之。時方定逆案，主其事者爲蒲州，所謂元臣大老也，畏禍選愞，且庇其鄉人，有所軒輊左右，而要路執權逆黨不能盡誅，忤璫被禍諸賢亦未盡起。

公因上禮義廉恥一疏，其略曰：「禮義廉恥，國之四維，天下所視爲存亡治亂者也。尚禮義，厲廉恥，則元氣固，國是定，長治而久存。棄禮義，捐廉恥，則俗流失，世敗壞，因恬而不怪，而亂亡隨之矣。漢季之哀平，天下宴然，王莽潛而移之廟堂之上，非其明驗歟？當時頌莽功德者比之于周公，莽不受新野田，而諸侯王公列侯宗室及前後爲上書者至四十八萬七千五百七十二人，即潛移漢祚之漸也。今廟祠遍宇内，頌廠者至請躋之文廟與孔子並列，而其不頌功德稍立異義者，一網以東林講學邪黨盡之。夫孔子大聖，猶以學之不講爲憂，是講學何奸于國法，何悖於名教，而殺之譴之之切如是乎？宋儒周敦頤、朱熹有濂溪、白鹿書院，歷代不廢，今之書院何所謂而拆毁夷滅之唯恐不盡乎？臣不敢謂講學之中盡君子，然未有講學而決壞禮義之大防、抹殺廉恥之大節者也。此崔魏之餘虐故智，何聖主當陽，諸臣不爲皇上別白明言之，而尚踵而行之耶？且昔之所謂邪黨者，死詔獄，死廷杖，遭嚴譴，遭削奪，皆從禮義廉恥中養其氣，殖其學，堅其骨，故不難以不貲之軀投虎口，以抗方張之焰。孟子所謂能言距楊墨者，聖人之徒也。愚以此時當愛惜之，褒顯之，死者不可復生矣，宜加等優其贈卹，世賞延其子孫，其廑而不死者，宜立置之周行遍列之要職，俾得明目張膽于時，以謀王體，斷國論，毋使聖世有錮賢之失。而彼一種顯頌功德、陰行贊導、乾兒義子之徒，無行誼之尤至者，當列其前後罪狀，明正大法，無使聖世有漏網之奸，于以厲人心，厚風俗，培國脉，申士氣，當今之急務也。」

疏入報聞，而君子小人胥怨矣，柄臣亦弗善也。升添註太僕少卿，實不欲公之在言路也。旋即差督餉兩粵，十閱月而差竣。公知中朝之弗與也，以親老侍養請，予告終養。未幾丁外艱。服闋，崇禎乙亥八月，起應天丞，尋陞尹。時流寇張獻忠衆號百萬，躪廬鳳，逼安慶，有投策渡江之勢。留京素無備禦，公至詢民疾苦，清馬户，甦驛遞，飭江防，城屬邑之無城者，補軍餉之無額者，屹然金湯之守。賊覘知之，不攻而去。公以積勞乞骸，留京縉紳士庶上留京棠陰廿三事，政聲流聞，即擢南大理卿，尋以銀臺通政徵，晉少司寇，賞南京之績也。公久去朝廷，時韓城柄國，韓城故給事中，爲璫私人，即蒲州定逆案時所庇也，玆以外僚入閣辦事，啣舊怨，以危法中公，幸烈皇帝素知之，得冠帶閑住。

北京陷，烈皇帝殉社稷。公時在籍，同鄉有少詹事項煜、兵部職方錢位坤等污賊僞命而歸，公率同鄉在列者公揭以討之。南京弘光帝立，公以少司寇環召筦堂事，建議以六等定從僞罪，竟置煜等于法。煜乙丑進士，改庶吉士，入翰林，亦逆閹義子，漏于逆案者也。鼎革時，逆案諸人奮身取富貴，馮銓以前朝舊輔居相位，而煜之門生陳名夏方任事握重權，授指于南來之文武，俾殺公。公時家居，杜門却軌，自號半禪野叟。適有故宗玉哥之案連染之，收吏到門，公夷然肩輿就獄。知府某者知其無與也，移置于幕僚之署，議將釋之。公曰：「我不可以再活。」扼吭而死，聞者悲之。

二子屏、藩，屏貢士，先公卒；藩縣學生，公之少子也。公卒後，而里中奸黨圜視而起，齮齕之不遺力。屛子長矣，藩曰：「吾家督也。」終不以事諉之，卒全其家，士論以此多焉。屛子雨、需，藩子雯、霽、霆、震、雲、霖，雲亦奇士，有志節，與余善。

贊曰：公筮仕入臺，至于回翔南北，頻躓頻起，始終與逆黨相撑⿰扌者。直至於天地崩坼，龜鼎遷移，而猶以此死。公直道自任，遇事便發，而不肯附麗於黨人。其論事持大體，如論客魏則曰：「梓宮未殯，先規客氏之香火；陵工甫成，强入進忠之勞績。于禮爲不順，于事爲失宜。」其救言官則曰：「祖宗之家法不可不守，宮禁之防閑不可不肅，佞臣拒諫之説不可不懲，直臣納諫之忠不可不聽。」他皆類此。人臣進言，當以爲法。嗚呼，忠矣。

楊潛夫家傳

潛夫名炤，字明遠，世江右清江五經樓里人也。大父諱潤，賈于吳，家焉，今爲吳之長洲人，潛夫得入其學爲弟子員。父諱補，號古農，以詩名于天啓、崇禎間，扶策遊兩京，公卿無不屣履迎古農者。

潛夫在髫髻時，能誦陶杜詩，爲五言有警句，父友上元顧與治、高淳邢孟貞咸歎異之。甲申、乙酉之際，古農攜潛夫歸鄧尉山，賈田築室，爲終隱計。潛夫遂棄其博士舉子業，而專肆力于詩，規模少陵，字櫛句比，不失尺寸，故其所得，真率渾成，絶去雕飾。

虞山錢宗伯故善古農，見潛夫詩益喜，且高其志，爲序而刻之，有魯兩生、漢四老之目，時潛夫年始三十也。虞山没，婁東吴司成、王奉常亦稱焉，而尤爲寧都曾燦、益都孫寶侗、桐城方孝標、萊陽宋琬所激賞，故其詩益有聞于時。大抵潛夫既專摩少陵，爲詩史之學，五十年中市朝改易，陵谷變遷，程馬默化，舟壑潛移，苟可以寓其感憤者，皆于詩乎發之，至二千餘首，都爲五十卷，可謂夥矣，而有爲之言爲多，宜諸公之並稱之也。

性伉爽，與人交，一見如舊相識，抵掌傾吐無不盡，非其意，雖素親暱，匿影摇手，深閉而不能見也。居常早起，汎埽堂宇，竟日拄户危坐，家人無敢跛倚謦欬其側者。年七十，預爲終制，考于《禮經》《家禮》而折衷焉，曰：「吾將服以見先人，敢不謹乎？」每語諸子曰：「一旦不諱，氣絶便殮，殮畢便葬，毋擇時日，毋訃親友，毋延二氏作功德，奠以菽水。惟老人名心未净，節衣食之餘，以我友某某所選我詩如干首，剞劂告成，亦一快也。」歲爲此言，又七年而卒。三子基、堂、在，奉遺命唯謹，同人歎潛夫爲有子云。

贊曰：潛夫之及先文靖公門也，由貴陽楊少司馬。先文靖公一見識之曰：「此古農子也。」時古農遊招遠，而潛夫將就童子試，先文靖公舍之二株園堂之西偏，此潛夫與余兄弟締交之始也，五十有七年矣。兹其子述遺命，具行狀，羅縷數百言來乞傳，余爲撰次之。他弗著，論其詩獨詳，亦潛夫之志夫。

［校］大父諱潤，父諱補，「潤」、「補」二字原皆爲空格，今據錢謙益《處士楊君無補墓誌銘》及徐枋《楊無補傳》補。

蹇翁小傳

蹇翁朱姓，名某，字某，蹇翁其晚年自號也，吴郡長洲郭巷里人。幼負奇志，父太公以韜鈐材武，應協理勳務安盧巡撫祥符史公辟。崇禎季年，總勤王師北行，翁年十七，自詣軍請從，史公壯而許之，會解嚴，勤王師報罷，而史公亦以遷去。翁隨其父歸故居，能手把鉏犁，雜僮樸，力耕致養。時挾策休隴上，志古今一二大事，歸而論其成敗于太公前，太公無以難也。益自喜，務爲有用之學，鉤抉天官握奇、兵謀陰符諸奥秘，皆鑿鑿可見設施，於技擊弓矢、劍稍藝事，求名師，盡其術而後止，破産弗悔。挽强穿札，命中無虚發，莫與争能者。

江左被兵，一时豪傑收江淮四鎮及左寧南餘軍軍海上，軍聲頗震，翁仗劍往從之，諸宿將皆出其下。三年無所屬，太公以書趣歸。

新令甲以孫吴策士，奉太公命入試吴郡，漢陽江丞名能知人，命以國士而薦之。翁雖得儁，雅非其志也，不肯隨例赴公車，夏官都肄江屢爲治行，弗應。尋丁太公艱，三年閉户讀禮，本《儀禮》《禮記》，參以宋元儒先之論，斟酌損益，定爲喪祭之儀，凡七卷，以正時俗之失，名曰《讀禮紀略》，士大夫之家習於禮者多遵焉。崑山葉侍郎、蔚州魏尚書尤重其書，鋟版傳之。諸公咸因二公願識翁，時新免太公喪，不得已至都下，褐衣遊公卿間，皆稱曰朱先生，殆古之高士，不敢强以官也。

晚年家益貧，教授自給，率日一食，而讀書吟諷不輟，門人亦日益進，今已有大顯于時者。經學最邃，于《易》《禮》尤喜，讀司馬温公、朱考亭之書，原原本本，博綜貫串，而論議之，著有《經史辨疑》《經史緒言》若干卷，今所鍥梓者，特其十二三。讀其詩，可以識其用心矣。翁與余善，刻書成，有筆札之屬，弗敢辭，爲節蹇翁自記，并所聞於友人者，傳之如此，附之卷尾，俾異時讀翁書者有所考焉。

贊曰：客爲余説翁壯盛時，飾裘馬，通輕俠，借軀報讎，踔冰雪往返六千餘里，赴人之急，卒脱其阨，而飲德不言功。居太公憂，始折節讀書。余於翁少長三四歲間，訂交衰白之年，見其非禮弗履，造次不違，咿唔呫嗶，若經生學究家之爲者。迨與論事，激昂軒輊，有介然于中者，存心之精微，惡察察言也。嗟夫，身兼數器，不名一節，君子以爲難，翁真奇士哉。

［校］左寧南，原誤作「左南寧」，今改正。

金陵楊壽母節孝傳

壽母羅氏，明廣西思恩參將楊景茂妻也。思恩之先諱某者，太平當塗人，以材武從太祖征伐跳盪，立功積閥金吾右衛鎮撫司，世襲副千户，徙居京師。九傳至思恩之考金吾公曰勳世，以治軍理屯舉其職。金吾有七子，思恩其伯也。少儻蕩不羈，好讀兵謀繚鴆之書，長身玉立，蹲甲命中，弧矢第一。弱冠中萬曆丙辰武進士，戚里有欲以女妻之者，思恩曰：「兩大親性嚴，諸弟多，膏粱紈綺之習，不可以入吾門。」金吾公頷之，爲擇今壽母而聘焉。

思恩任南京游兵營游擊，時參贊機務吴橋范文貞公筦留務，於都肄日見思恩所統獨整，器甲旌旂極鮮明，異之，試技，技皆選，召思恩與語，益大奇之，曰：「子兼資文武，大將材也。善自愛。」由是一軍屬耳目焉。五軍府都護、京營大帥，率皆通侯鼎貴，無不折節交思恩者，思恩之名譽日彰，内助之左右爲多也。尋范公以忤時相罷去，而思恩亦拜粤西之命。粤西瘴癘，思恩任未幾竟卒。

當斯時也，壽母年纔二十有六，三子皆幼穉，壽母一號輒嘔血數升，三日不納勺飲，既而蹶然起，曰：「不可以旅櫬弱息累大人。」乃進一溢水，强庀喪事。粤西送故賻贈例數百金，壽母不敢卻。適攝篆者以乏興告，乃懸金喪次，召其長一一計而給之，歡聲若雷，有泣者。思恩之喪，得與百口踰嶺越江平行數千里以至於家者，壽母散金之力也。

更十五年，時當鼎革，兵戈飢饉之中，奉尊章，養父母，直至於喪葬；延名師，教三子，直至授室，終始若一，豐儉中禮，君子尤以爲難。又十年，例應表宅，隣里宗黨將以其事上之有司，壽母聞之，泣語三子曰：「吾一婦人，更家國之變，茹荼泣血廿五年而不就死者，徒以爾父齎志歿地，冀爾輩成立，竟爾父志耳。吾故世禄家，豈與閭閻匹婦，以未亡稱節乎？」三子敬受教，竟三十年不敢言，而壽母年已八十三，子亦皆六十餘矣。不得已，以其事應采風之使而受旌焉。綽楔在門，終非壽母志也。噫，若壽母者，其意念深遠矣。仲子鳳毛與余善，余於壽母事甚悉，并所聞于舊京故老，爲之詮次，著其犖犖大者。

贊曰：鳳毛與方伯某爲友，受其臨死執手之託，不期年償庫鏹三十餘萬金，方伯妻子不知也。鳳毛固貧士，其意氣弗論，即其才亦豈易及哉。乃需次州貳，冉冉以老。夫以思恩之早亡，壽母之苦節，以天道論之，似當於鳳毛大顯矣，而又未盡然。遲遲又久，固將大啓之也。楊氏之昌阜，其可量耶？

吴江縣志吴參議小傳

吴昌期，字際之，號太華，别號蓮坡。尚書洪玄孫，脩武令翼長子。幼依外氏，家浙之嘉興，年二十三，領萬曆乙酉浙江鄉薦，署東陽教諭，陞國子監監正，歷刑兵禮三部司務，轉工部員外郎。

熹廟朝，逆璫魏忠賢專政，昌期疏劾監督内臣侵冒，語侵忠賢。時中書吴懷賢以誹謗繫獄，遺言贊之，逆黨傅應星嗾奄，謂昌期與罪臣私相唱和，涉指斥，削籍歸。事載《皇明通紀》《從信録》等書。

在里爲同郡工部尚書岳公元聲所善，岳亦奄所忌也。一日，岳過荷亭對弈，外傳緹騎至，有急徵，昌期謂必岳及己，斂枰語曰：「往則辱矣，此池水從公畢命。」既知往嘉善逮魏公大中，昌期拏舟送之，相與慟哭執手別，緹騎怒目叱之，不顧也。

崇禎改元，逆璫誅，衆正登用，即家起本部郎中，提督夏鎮河道，轉江西左江道參議，尋以貴州貴寧道副使致仕，卒年七十有八，崇祀鄉賢。

無子，以弟昌時長子祖錫嗣。昌時少負氣節，登劉理順榜進士，推才望，由禮部郎換選鈞，爲異己所中，遂及於禍。祖錫壬午副榜貢士，痛家國之難，棄家行遯三十載，歿於膠東，士論賢之。

邑志成，參議後人以序事未核，剗原板，屬余補作，字限于此，幾於截趾適屨矣，寧求工乎？附識之。

申詹簿家傳

詹簿申公，名薦芳，字維期，少師文定公孫，少保大司馬第五子也。文定致政家居之□年，以□□□遣行人璽書存問，使者及門，而公適於是日生，由是爲文定公鍾愛。少穎異，書過目成誦，所誦凡數百萬言。時方尚科舉學，復誦舉子家言，亦數十萬言。其文精悍警拔，老宿咸避之，以爲弗如也。以廕入南京國子監，留都諸公見者皆曰：「玄渚有子。」玄渚，大司馬字也。兩試秋闈不利，語所知曰：「吾於世不賤，素門平進，不失清途，何爲刺蹙與寒士争名哉？」仍用廕補詹事府主簿。

兩京覆没，公適家居，不與其禍。每慨然曰：「張子房、陶泉明何人也？吾不可以官小位下自解。」居恒悒悒，一似重有憂者。惟教子弟讀書，不甚督以考試課程，曰：「汝曹醇謹，長爲農夫，乃吾志也。」先是，歲大祲，穀踴貴，公率先出家粟下估以糶，復設粥偫藥，以待殍瘠，全活甚衆。至是歲復飢，人謂公必倡賑施。公閉户凝坐若不聞，親黨以爲言，公曰：「譬如吾死久矣，尚强與人間事耶？」至有議公爲兩截人者，公終不屑也。其持論用心，大率如此。

生平慎交游，稱素心者不過數人，白首不渝，未曾有所親踈厚薄，有無休戚共之。故公之没也，親友皆行哭失聲，其故人至有不舉火者。而公實無中人之産，諸子貧不自給，由是人益賢之。

贊曰：比部勗庵公、少農青門公曁詹簿公同祖文定，鄉邦之望也。余少時皆得以諸甥末行，周旋杖舄之間，見其一言一行，必歸忠厚，幾不知世有磔刻事。少農與先文靖公約同殉國難，迨先文靖變後，少農每見余兄弟，未嘗不泣也。嗟乎，公輩行事，犖犖在人耳目，真令敦寬薄鄙，聞風興起，何今世媮薄之日甚也？噫，安得起公輩於九原而矜式之，庶有豸乎？

丁蕙農家傳

丁君名某，字莜侯，吴郡長洲人。曾大父某，萬曆間名御史，論奪情忤時相斥，終淛江參政。大父某，南京大理評。父某，國學生。

君生席華腴，能攻苦敷淡，讀書著文之外，不知有他事，集《毛詩》《周禮》《左傳》《國策》《家語》諸書《拾翠》，夙學驚其奥博。年十八補博士弟子員，爲郡高材生。前知長洲事遂寧李公名能知人，一見奇之，命其子仙根結友，曰：「丁生雖年少，國器也，爾殆弗如。」李固長於詩，由是相與究聲韻之學，而以唐之韓杜爲歸，皆李所授也。

君盛年有名，視青雲一蹴可到，既七試秋闈不利，慨然曰：「吾誰云不如，而至此乎？」郡北郭有陸宣公葬處，世難以來，二三遺老避地集此，連文酒之會，君欣然就之，棄其城居甲第而卜隣焉。築室藝圃，蒔花栽藥，將以終老，因自號百畝蕙農以見志。倡爲生日文字飲，美日良夕，互相過從，鉛槧不離，盃斝必設，以爲常。其交之最深者，爲楊潛夫某、陸仲元某，曰：「楊吾愛其高，陸吾重其孝。」君之取友蓋如此。其揚揚得志於時世之所望，而羶慕者意弗屑也。性樂易和粹，是非賢鄙之間，介然於中，不見辭色，人自敬畏之。與人交，歷寒燠盛衰不移，喜施與，好賓客，自少至老無倦色。値其空乏，親朋急難，若負重疚，累日不怡。其有挾詐力侮智相欺凌者，恨不身當之。

格於時世，怫鬱嗚歎，一寓於詩。故晚年善病，遂不復起，其詩亦感憤悱惻之言爲多。余爲删定，得四百餘篇，讀之可以得其人矣。他著撰有《錦囊萬字》《齊門瑟》《釋常談》，凡若干卷，與《拾翠》稿並藏於家。君四子某，皆有文行，不愧其家兒者。

一老曰：丁君少余二歲，余七十時，病三月幾死，君凡視余於榻者三，而書問之使則無數。知余之乏養也，饆饠甘異之珍，手携食余，語余曰：「吾近斥賣負郭之田，得備全史，有所纂述，俟吾子病良已，艇子邀吾子，書齋信宿商搉也。」余因語君，神廟時國子監刊本爲全經全史，然有經外之經，史外之史。君問其目，余曰未易悉數也，取其易致者，當助君求之，如《三禮》之有《大戴》也，三《春秋》之有《吴越》《越絶》《世本》《國語》也，班范之外有荀悦《漢紀》、謝承《後漢書》也，《晉書》之有王隱、臧榮緒、崔鴻《十六國春秋》也，《唐書》之有劉昫也。君即從余借劉書以去。逮余愈而君亦病，沉綿歲月，不能捉筆矣。兹君之長子某奉遺命，以劉書歸余。漬淚作傳，牽連書之，以見君之老而好學云。

朱仲子家傳

朱仲子名履正，字仲中，吴郡長洲竹堂里人也。父世臣，以經書教授里中爲大師，早卒。履正年十五，與伯兄奉母馮氏，供養備至，不敢以未成人自後也。顧念孤貧儒緩，難以致養，思爲有用之學。家故有隸首九章之書，精心習之，洞曉少廣、均輸、贏不足之數，累大萬萬，至於畸零渺漠，指畫口呿，不失毫釐，自其天性，他人學之終不工。以故於東南賦入會計，纖悉具了，曾條上漕務緩急利害干當事，雖不用，而以是知其能。

故事，淮陰設制閫，通侯貴臣秉憲節，以軍興法都護漕政，勢尊貴重，控制半天下。時中原多故，軍糈急，復設七省漕儲，轉運各省糧儲。觀察等使以爲之屬，自御史出者爲漕院，給事中出者爲餉科。使者旁午，傳相督趣，無不争致履正者。爲人寛然長者，不輕然諾，所之人争親任之，不獨以算術也。屢參大府，家用以饒。

履正娶頗晚，未有子。伯兄先有一女兩男，同釜而炊，母命之析居，履正跪曰：「母無多子，一門之内，榮枯有無，未宜異也。願終履正世不忍言分。」履正泣，母亦泣，曰：「吾憂若之口益多，累汝時無已耳。吾聞古有百忍張家，汝能如是，吾復何憂？」因自號百忍子，且刻其私印，以志謹母命也。

素强壯多力，忽病以卒，終年三十有八。先是，母遘重疾，沉綿六十日，霍然遂起。迨履正病，母兄望其速愈，而履正竟卒。伯兄檢其書篋中，得母病時禱東嶽所上赤章，願減己算一紀以益母年，且自述其生平梗概，無媿衾影。其言至誠憯怛，足感鬼神。後十年，母年八十有四乃卒，逆數病時年七十有二，正一紀云。

東海一老曰：余讀履正子紫《風號集》，不禁涕交頤也。當履正卒時，妻金年始三十，紫生二月矣。金奉姑撫孤，俯仰數十年中，艱難萬端。其卒乃後履正四十有三年，於令甲得貞節旌表，固已綸綍寵之，綽楔甄之矣。而紫以父既早世，已不得如父之減算以遺母也，謦欬棲棬之思，一言動、一飲食而不敢有忘，倘所謂終身慕者非耶？履正固宜有後也。

陸氏先姊小傳

吾姊與余同祖翰簡雲礀公，而吾世父仲恬公之第三女也。母陳，浙江崇德知縣公女，國子祭酒文莊公妹。吾姊胚胎前光，幼有異質，六七歲時先王母朱太孺人校以《女史》《孝經》，能通其義，由是爲太孺人鍾愛。太孺人故大宗伯崑山恭靖公孫，時濠上如竹陸公亦娶於朱，於太孺人爲同産如兄弟，故以吾姊適其孫炳。炳祖如竹公，父蒼筠公，世高資有隱德。炳字虎文，邑諸生，能守其先業而光大之。太孺人之卒也，遺命以先文靖公備奩具如己女嫁焉。

夫婦相敬如賓，内外姻族無不以爲鍾郝再見。而生子輒不育，年未四十，爲虎文廣求淑女以篕焉。既知其賢，授以家政，乃刻旃檀像，掃一閣，皈心乾竺之教，晨夕從善知識受菩薩薰修戒，恒誦《金剛》《楞嚴》諸經，深會禪悦，作《金剛經誦》三十二章，諸老宿不能難也。如此廿有八年乃卒，年六十有七。未嘗一日病，曉起櫛沐已，啜粥後倚榻不言，形神離矣。彼教中所謂吉祥正定者，庶幾有之。子二，嘉檖、廷秩，皆國器也，歲貢生。女壻一，即余從孫壎。

一老曰：先世父仲恬公以《春秋》高材生，晚得疾偏枯，世變以來，貧老以死，孤墳宿草，幾同無主。而吾姊於露濡霜落之辰，必躬自展祭，拊墳長號，數十年如一日。吾姊殁後，松楸鬱然，享奠不輟，此固陸氏家風之厚，而亦吾姊忠實心誠信于夫與子而能然也。嗚呼，賢矣哉。

［校］菩薩蘩修戒，「蘩」原作「董」，從《辛巳叢編》本改。

王孺人小傳

王孺人者，虎文陸姊丈之副室，而吾甥嘉穟、廷秩之生母也。嘉穟、廷秩事親以孝聞，而廷秩以割股愈其母疾，事嫡母、生母如一也。人以此益知孺人之賢。凡奉祭祀，供賓客，滫瀡牢醴，所以佐吾姊者，豐儉中禮，内外斬斬。以及米鹽凌雜，澣濯洒掃之事，靡不身先，督率其下人，煩而不苛，臧獲婢僕，樂盡力焉。以故相虎文貲日益高，而二子得一意讀書取友以有成。而其事如君也，如依慈母。如君殁，哭泣盡哀，目盡腫，朝夕奠跪，必擇所嗜設佳饌，比生時加謹，竟以毁慕勤貫以卒。其歸陸也年十九，卒年五十四，距如君之殁也不滿三年，聞者傷之。

一老曰：王本雲間名族，孺人之曾大父某者爲吾郡閣學申文定公館客，遂家吴焉。以余所論次，閨閣之賢者若孺人，豈可多得？其有賢子，不亦宜乎？

廣陵破環傳

盧山白氏，唐紀王慎之後也。武皇后垂拱中，大殺唐宗室，王恐，陰遣其子入盧山，更白姓，稱盧山白氏。子孫客廣陵，家焉。白氏世居昭陽里，爲廣陵右族，高門甲第，連亘閭里，富侈擬公侯之家。

其宗子曰天谷者，入貲爲郎，與吳郡之長者欽公善。欽公移家抵廣陵，從白公，館於白之西第。欽公之子欽生，髫年白晳，詞度夷雅，白子姓畜之，常得游白公夫人臥內，見夫人側侍坐者年可十五六，端麗明艷，殆非常人也。生驚起拜，夫人曰：「此吾女宜芳也，小字長芬。」生曰：「吾以爲天人，不知是夫人女。」夫人咲曰：「吳兒大黠。屬是通家，毋以隔別爲也。」生謝起出，自是恍惚不悟，常懷睠睠之思矣。

白故無子，畜聲妓。夫人雲姓，是其繼妻，性鉗忌，白公不得近。而諸姬皆與生狎，恐生之倦而歸也，將爲生畫計通媒妁。生謝不敢，諸姬曰：「主人翁無子，而長芬亦非今夫人所生。主人翁憐愛芬過至，芬意無不可者，郎寧能爲石人耶？」無何，諸姬環至，曰：「郎大徼倖，芬待於西軒矣。」曳擁而入，生前致殷勤，因申密意，素有詞藻，發言可觀，説譬萬端，芬終無答。生且喜且赧，長揖告罷。自是諸姬出入無復違避，凡衣服之便於體，果茹之適于口，芬之所以厚生者，亦無不至焉。

居久之，察白公意，殊無意於生，欽公亦以他故束歸裝矣。將行之前夕，芬訣於西軒，解所佩玉環繫生帶，曰：「此于闐出也，世不多有，價至十萬。郎其佩之，物微意深，千萬珍重。」生哽咽不能出，歸即病，病兩月，扶病起，向罏前持弄所贈玉環，失手墜火中，即斷爲二，惕然汗出，而病少愈。後使人之白公家，知芬已納沈氏幣矣，徵其日，即破環之日也。

欽之猶子蘭知其事，作《廣陵破環録》。後卅年，友人白眼居士謂次之而繫以歌。

白眼居士傳

白眼居士者，不詳其姓字，眼多白，故以自號焉。慕謝康樂之爲人，又自號曰江海人，或曰澹蕩人。家吳郡之西偏，有園亭，水木甚美，凡詩酒琴棋摶簺之事，好之而多不精。築精廬，讀書其中，題其楹曰「蘊真」以見意。

性陗直軒豁，絶去雕飾，意所否者，即公卿貴人、當世高名之士，蔑如也。時人多嫉之，或語居士曰：「鄉大老於衆中毁子，掀手和者數人，子其往謝，謗可止。」居士笑而應之曰：「大老者豈伯夷、太公之流耶？吾未聞以大老而毁人者，毁人者非大老也。其毁我而當耶，謝固不已；其不當耶，何以謝爲？」卒不謝。

其妻尤之曰：「某某等夷耳，而能致人譽，譽之者惟恐不至，子亦稍自求以釋謗乎？」居士慍曰：「爾何知，世之不能無毁譽，久矣。非毁即譽，非譽即毁，勢有必然耳。亦知譽有三資乎？曰勢，曰賄，曰名高而已。夫有所不敢毁，則譽以爲媚，或毁人以媚之。今我偃蹇於時，不能聳身青雲之上，使親戚故人畏懼，是無勢也。衣補綻，食麤糲，鵝鶩常饑，貓犬不畜，無餘蓄積以厚故人，使故人仰望之，是無賄也。木强自處，率性而動，不能强顔文過，不善交人，無相先相死之友爲之左右，無攀聯繾綣以自托者騰其聲價，使世之人疎而異之，希附之以爲榮，是不爲名高也。處是三者，而以求譽息謗，非却行而思前耶？且爾不聞曲轅之散木乎？以爲舟則沈，以爲棺槨則速腐，以爲器則速毁，以爲門户則液樠，以爲柱則蠹，世皆以不材也而能壽。今吾年三十有四，左足不良於行，目暗齒豁，似八九十者，而欲敗心塞性，罷神磨精，屈我之自然，奔走乘機，抵巇以要勢利，多爲不情，以居高名，而以求譽，譽未可得，必發我狂疾。」其妻曰：「然則奈何乎？」曰：「阮嗣宗比當世于褌襠之羣蝨，而劉伯倫亦視二豪如螟蛉。吾亦飲吾酒，讀吾書，白吾眼，而何惜彼營營。」

贊曰：宅殊五柳，地非瞿硎。咄哉公子，白眼自名。

己亥閏月既望，識於二株園之藴真館。

田孺人小傳

孺人田姓，吴郡長洲横財里人也。八歲喪父，母陳醮於孫，孺人依其叔。叔夫婦耕，孺人供饁餉，備諸辛苦。方在童稚，無怨色，無怠容，舉止端正，見者異之。及笄，有出人之姿。孫有前妻子將娶之，未行，陳與其叔謀以歸於我，年十六矣。

時余喪元妃久，媵御攝家政，有子且娶婦，性驕妬，所以齮齕而躪蹸之者甚至，孺人默而承之，不以纖介使余知也。由是爲嫡長女子婦輩所憐愛，多擁右之。閱四歲，生子昺，又生昱，生昰，生𣅀，凡六舉丈夫子，存者四。年三十一而卒，亦可哀矣，嗟乎。

孺人歸我五年，而賊子貞明令其婦父日夜游説以滇黔之警，紿遷於湖，用破我家。既而歸僑於紫瑯，遷於采蓮涇，再遷於陰陽里，又僑於雙井里而難作。播遷時殷亦病，余日益困，時至乏食，所有壯子不復相存卹，左右扶將惟孺人耳。

其雙井里之難也，貞明居雙井里，余將往僑焉，則貞明先集所善里中惡子，要於神而歃之，約以甘心於我，分有其宅，置酒高會相部署，而余不知也。比至，不爲余具一飯。孺人從竈下作食，切切有聞，飲泣而不敢言也。中宿余亦自聞之，召貞明而徵之，固曰無之，而悻悻見於色。遲明則有抉户呼於榻前者，曰：「此誰宅，而汝尚鼾睡耶？不速去，必辱汝。」余驚起披衣，索貞明，攜其母妻他匿矣。揭釜夷竈，不遺一箸。余愕不知所爲，則惡少已滿室中，假爲券契，執以驅逐，其勢洶洶，不得暫停，大風甚雨，無所奔控。適吾女聞之慟哭，屬其婿以兩肩輿迎我，逆黨猶圍而噪之，爲丙寅五月三日也。唏，其脱虎口也，亦僅而免耳。

余因依女卜居臨頓里中，環堵蕭然，藜糁不給。孺人能順適吾志，以忘其貧，祭祀必時，賓客必供。余老益卞急，多躁怒，孺人婉娩聽從，先後若一。又能達天委命，緩曲解譬，使余忘其憂，忘其老。而今已矣，故不惜援筆而爲之傳，無使子孫無聞焉。

白眼居士曰：陳有三女，孺人其季也。性至孝，以母以己故爲後夫所虐也，言之未嘗不泣下。余之居臨頓也，孺人始迎而養之，温凊晨昏，不失其節。吾女念之，思所以厚之。時因余之過其家，又瞯余之出也，則以珍饌佳菓，上尊之酒，温而遺之，且囑曰：「念孺人勞苦，私以問孺人，毋庸以白大人也。」孺人對使肅受曰：「諾。」則謹庋之，待余歸而進之，然後以奉其母，次及諸子，次及侍婢，或分至於己已無有，則一笑爲樂。暑熱歸遲，寧至腐敗，不敢嘗一臠。故其死也，其母哭之不絶聲，侍婢年十五，朝夕奠哭，爲孺子泣而不止也。嗟乎。殷之媵也，當吾家盛時；其自敗也，猶竊重貲以私其子；而其死也，孺人無一言加殷，而殷之過惡日章。孺人之歸吾也，十年來無一完裙，幾不得一頓飽食；而於其死也，鄰里爲之嗟歎，宗黨爲之悼惜。吾甥吴搉輓以詩云：「飄蓬轉徙居方定，暖老閨中失友生。」老友潛夫楊炤貽書慰余云：「魚軒賢淑，夙昔著聞。」其爲通人長者稱道如此。桃李不言，下自成蹊，不信然哉。

附　吴　搉詩

漂蓬轉徙居方定，暖老閨中失友生。椎髻宜留明鏡影，夜燈永絶斷機聲。欲棲單翼臨風颭，待哺諸雛徹曉鳴。誰對繐帷申楚些，言愁獨有衞家甥。

曾　燦詩

貫時書杜「暖老」、「充飢」句作柱聯，故有末句。

門户常思健婦持，偏於老值悼亡時。乞來鄰火無停織，然及廚烟未作糜。繡枕抛殘傷淚落，香肌瘦盡畏君知。鍾情千古惟吾輩，怪底沈吟暖玉詩。

楊　炤詩

環堵蕭然不厭貧，閨中端藉有斯人。方愁我老翻哀逝，却羡宜男頓殞身。蘭憶並頭頻引鏡，雖看繞膝倍霑巾。交蘆影事君須悟，莫謂鍾情太愴神。

記

尊美堂記 代

長洲爲三吴首邑，賦入當他處一郡，官其地者宜有賓從之樂，游觀之美，聲稱流聞，遷擢顯赫。乃四十年來，無有善其去者，亦無有終三年暖其席者，由是號爲難治，相率傳舍其官，苟且歲月，首鼠救過而已，奚暇有所爲哉？

惟我□□□侯則不然。□侯之言曰：「地無劇易，俗無淳澆，民無良頑，吾惟以誠御之。」期年頌聲作，於是召介衆而謀之曰：「堂皇所以臨民而出治也。坐茇舍，據馬韉，初定可耳。今則其褻已甚，宜作之廊廡，所以居曹吏而治事也。露立庭下，雨雪霑濕，風日匽暴，何以使人？宜作之書室，所以接賢士大夫以圖政也。卑痺湫溢，蕪穢不治，非所以迎賓，宜新之。」於是庀材鳩工，不三月而堂皇輪奂，廊廡周流矣。又以其餘，新書室於堂之後。今仲春花朝，集邑士大夫而落之，中酒舉觴，屬余曰：「是即昔之尊美堂也，君爲我記之。」

間嘗讀王元之之記曰：「今之宰邑者，苟禄食、免笞罵而已。雖使宓子賤復生，將投琴折腰，奔走不暇。」言令之難也。又曰：「土無柔桑，野無宿麥，飪魚飯稻，衣葛服卉，人無廉隅，户無儲蓄，好祀非鬼，好淫内典，學校之風久廢，詩書之教未行，兼并者僭而驕，貧窶者欺而墮。」言民之病而俗之敝也。夷考王元之以宋雍熙元年任兹邑，而三年作記時，宋興纔二十有七年，江南之入版圖未十年也。元之之云，不亦宜乎？然史稱王元之以大理評事知縣事，適同年生羅處約宰吴縣，政事之暇，相與游賞，富於篇什，流傳諷詠，尋以右拾遺直史館擢去，醇文奥學，亮節直氣，爲時名臣。由是長洲邑望轉高，則又未必盡如元之之所云也。

余向承乏□□，雖謬膺循擢，然作令之苦，備嘗之矣。侯之見屬以序也，應爲是耶。余既辭不獲命，因述侯之自言及王元之之記語，以復於吾侯。既以王元之之望侯，而凡元之之所言民病俗敝，今有甚者，無不及也。侯之爲斯邑也，其道民化俗，必有與斯堂而並新者。三年政成，當爲泚筆而記之。若尊美之所由名，有米元暉之序在，非余作記之意也，故不序。

孿生靈應記 代

歲丁巳四月，吾丁氏季妹偕吾妹倩貞士，建祈嗣大法事於穹窿山道院，余得與觀其盛。主法事者爲嗣鐵竹施公法席晏公，方其步騰朱表，伏奏青詞，煙雲霏繞，鸞鶴翔徊，若有所肸蠁昭答，在法筵者無不愯焉，至于今耿然在余心目間也。時貞士年五十有二，吾妹亦五十有五矣。

越十有三年己巳正月十六日，一産雙男。貞士語余曰：「往晏公之騰表帝庭也，審擇時日歲月，皆次巳矣，而日用己巳，時用庚午。今吾二子之生也，年以己巳，時以庚午，謂非靈應不可也。正月十六日爲先君生辰，而二子適值之，有康成小同之慶，又詎非靈應乎？方房中之始震也，君妹屬余遍詣諸祠廟而禱焉。至育嬰堂，適有襁雙嬰至者，主者以乏貲告而却之。余曰：『勿却。是皆男也，我當賙之。』歸語君妹，君妹動色曰：『此孿生之徵也。』既告所親曰：『吾家生男必雙。』今而果然，靈應彰彰若此，君可無一言爲君妹紀之耶？」

余惟郊禖之祈在禮有事，而靈應之祥自古有之，君子之所不諱也。然非求者之素行合於神明，精誠通于天地，殆未易以一二幾也。先是，貞士以中年哭子之故，發憤悲吒，唾棄一切，將毀家狀形，入道以終天年。而吾妹毅然止之，爲之慎擇宜子合法相者備後房，又爲之練日捐金、假靈邀福于天地鬼神，一出于吾妹之至誠，皆非貞士意也。自時以還，一紀于兹，月朝十五，琳宫梵宇，香楮無不遍也；歲時伏臘，家祠五祀，牲醴無不祝也。凡以爲蘄子禱也。《易大傳》曰：「吉事有祥。」又曰：「受命如響。」吾妹之誠若此，而安有不應者乎？

吾聞丁自蕭山學訓公至貞士尊人行甫公七世，世以通經飭行爲名儒，其間贈御史方池公、守龍州毅庵公稍顯，蕭山公與王文恪公、吴文定公結友，行甫公亦與先文靖公同硯席，而皆不遇。貞士又以盛年遭世難，擲儒冠，其待於後人者，不綦重且亟哉。宜吾妹之耑精一意，日夜以祈。當未姙也求其姙，既姙也求其男，又求其孿生。迨其既生也，恩勤顧復，祝其早貴早成者，一如昔之求姙求男也。

噫，吾妹之精誠至于如此，豈惟丁自蕭山公以下實嘉賴之，將吾先公先妣之靈亦式憑焉。班史儒者夏侯氏之言曰：「有陰德，必饗其福，及其子孫。」吾故知二子之早貴早成，大丁之門，以應母氏之求者，其執左契以取，又豈異于今日哉。他年必有因余文而紀其盛者，故爲記。

徐孝子跪誦華嚴經血書金剛經記

徐孝子食貧力學，奉母以孝聞。母初患乳岩，於方書爲不治。孝子經營救療萬方，醫曰：「是不可潰，潰則革矣。」孝子愈益訪求秘方珍藥，庶幾萬有一分之幸，處湯液，進醪醴，日不暇給，思所以身代而不得也。假寐若有所感，因於母所奉觀音大士像前誓願，跪誦《華嚴經》，爲母蠲除宿業，祈年益壽。定以卯酉二時各竟一卷，終而復始，積日不懈。鄰里忽傳其屋上夜有異光，日日如是，鄰媪詐作乞火覘之，周視無所見，惟孝子佛前燃燈炷香胡跽，唄誦出語。其人曰：「渠家禮佛，無他異也。」孝子聞之，移其時於人定昧爽，冀泯其跡。屋山熊熊，鄰里習之，亦不爲怪矣。

凡經年，母患若潰若歛，離諸若惱，轉生歡喜，飲食言動如平時。忽一日，語孝子：「爾此一轉經，於幾日竟？」孝子曰：「唯明當竟矣。」曰：「吾亦要去。」乃洮頮澡雪，易新衣，端坐合掌西向曰：「吾有孝子，蒙佛力，大得樂處，爾等毋悲也。」孝子方欲泣請所以，形神已離，不復語矣。孝子益大悲感，復發誓，願於苫次刺舌血書寫《金剛經》若干卷，庸以酬母慈而報佛恩云。

余於乙丑春識孝子於宋孝廉既庭座上，因與周旋，既見其所作小詩雜文，皆有意義。時與論文，商搉今古，闚覽深富，原原本本，出之不窮，禪理最精，玄學亦得妙詣，今之通人也。每歎世人不悦學，故知之者鮮。今正月偶過之，語次捧示余以所爲母血書《金剛經》三卷，書法遒麗，三本如一，無一筆苟且、一字脱誤。余灑然媿而敬之，因語孝子曰：「嗟乎，余方嘆世人之不知君，若余者識君四年，而不知君具至行若此，又足爲知君者哉？」因爲作《徐孝子跪誦華嚴經血書金剛經記》。

孝子名賓，字秀榑，世吴郡吴江南沙村人，今居長洲之絡絲里。睢陽湯司空撫吴時，延訪利病，孝子所上《論三吴賦額偏重》一書幾萬言，爲湯公所重，世有錄行者。

鶴栖堂記

蘇郡奢麗繁富爲東南最，城廣縱六十里，獨葑溪南園一角風氣淳朴，與閶胥齊婁不類，自宋元來，多讀書好古、嗜退遺榮之賢居之，故號爲名地。迄於今，雖第宅相望，而皆吾吴之世族故家，清門貴仕，無一雜流敢列于其間者，與他處之高大其牆垣閈閎，儼然甲第而居者不侔矣。

今翰林尤先生悔庵里第，實踞斯里之勝，蓋先生世居云。今八月七日，遇先生於虎丘舟次，握手道疇昔，旋辱贈詩，感今追往，不能竟讀，涕零如雨。越三日，先生表姪鄭鉽將先生命，捧示《鶴栖堂稿》，屬爲之作堂記。夫斯堂非昔賢所謂雲章輝映、榮光燭天者耶？有先生之自記，及中丞水部之作在，黄馘野老，縱欲有述，何以加諸？顧惟贈詩未報，兹命復何敢辭？記曰：

崇高莫大乎富貴，而惟文章氣節孤行於天地之間，雖以黄屋萬乘之尊，時有不能與之争衡者。每讀李延壽書，至弘興宗、紀僧真求爲士人，文帝曰：「得就王球坐，乃判耳。」武帝直謂：「由謝瀹、江斅，吾不得措意。」既而二人承旨往，皆不如志。帝曰：「士大夫固非天子所命矣。」未嘗不撫卷太息，恨古人之不可見也。不特此也，奎章宸翰，上之所以寵其臣子，而下之所謂難得異數也，然非得其人不傳。歐蘇兩文忠公所記仁宗皇帝御飛白書，揚搉鄭重，至矣。今其書世無有傳者，特兩文忠之文在耳。吾郡故有宋范文穆公山莊孝宗御書，魏文靖公書院亦有理宗御書，今郡之知有二宗御書者，以文穆、文靖故，初不以御書增文穆、文靖重也。由是觀之，黄屋萬乘，不能争衡，非過言也。

先生自少主持文社，即以詩古文名當世，暨司李北平，用漢法杖莊頭之桀驁者以去官，直聲震三輔。迨博學鴻詞，徵入翰林筦史局，而公子擢甲科，升宫贊，先生不欲父子同直禁林，復相率以去，而名益高。則是所謂文章氣節者，先生實兼之，於文穆、文靖何讓焉？斯堂之傳，當與兩賢之石湖、鶴山，同爲我吴之故實盛事，不第增葑溪南園之美談已也。

先生閒左爲大井里，余從兄居焉，每過之，輟思傚老杜屏當書籍，盡捻稱賣，營環堵之室於其側。忽忽十年，斯遊不遂。兹得承先生命，紀斯里之美，掛名於斯堂，庶幾于兩文忠所記御飛白者，詎非黄緘野老之厚幸歟？己卯亞歲，東海一老柯題于三千六百釣臺。

議

陳崧及謚議

前文學崧及陳子卒，將葬，友人周茂藻、文點等議所謚，謂宜曰「孝和先生」。東海一老徐柯爲之議曰：

陳子爲文莊公之子，節孝先生之弟，幼孤，爲東陽張大司馬所器，長而受業於蕺山劉念臺先生之門，有道東之嘆。時會鼎革，張公、劉公相繼殉國難。陳子年未及壯，擲其儒冠，角巾野服，與佚民遺老周旋，人忘其貴公子也。文莊遺書萬卷，閉户誦讀，以教諸子，兼所得于蕺山者，故其諸子皆漸摩于道，無世族凌競之習。始節孝承文莊餘緒，將以文章意氣牢籠東南，一時聲譽翕集，四方之士奔走不暇，而陳子獨淡然無營，客至觴酌而已，雌黄月旦，不挂于口，人莫測也。未幾東南史禍，其發最烈，屢有文字之獄。節孝雖早卒，而幾及于吏議。陳子撫其遺孤，不震不竦，其事亦得漸解。人始歎陳子之識，而兼服其雅度矣。一生名教自任，動欲爲鄉閭表帥。葺王仁孝祠，于關壯繆侯廟左建文文肅、姚文毅祠，于虎丘復東陽司馬于名宦祠，新其廟貌，而舉其祀典。凡此皆思崇先賢，以風世厲俗，不獨爲執友報知己也。事詳家乘，兹議其大者。

按謚法，秉德不回曰孝，大慮行節曰孝。孔子曰：「君子和而不同。」子夏氏曰：「和者大同于物，物無得傷礙者。」陳子誦讀遺書，飭躬訓子，老而彌勤，非秉德不回乎？潛伏艸野，遯世無悶，飾巾待終，非大慮行節乎？交不諂黷，行無戮惡，其介不易，物莫害之，可謂和矣。倣文範先生之例，定謚孝和，於義爲允。

松陵吴氏孝子祠從祀議 代

孝子祠者，吾祖宗建以祀我始祖全孝翁者也。全孝翁之膺封典也，由兩宫保，故列兩宫保於昭穆之位。自時厥後，則有維石公、春塘公十二主，皆得從兩宫保之後竝祀，則以數君子者，發聲賢書，奮跡甲科，能光大其前人也。其封贈諸公，皆得援子貴之例從祀者，以既進其子，不得不崇其父也。其肖峯公以太學生而與者，以肖峯公有至行同符始祖，前此伯父、叔父公議而特躋之也。是祖祠從祀，非科甲有名績者不與，非名行卓然表表在人耳目者不得與。吾祖宗建祠以來，家法至嚴也。

祖祠建自明萬曆中，春秋二仲，載在祀典。時際鼎革軍興，節省遂致中輟，而從祀之禮亦未遑議。兹大中丞湯公脩舉廢絶，全孝翁之祀典復光，今丙辰八月上丁，肇稱殷禮。吾宗子姓以某一日之長，謀續奉從祀諸主入祠，而徵信于某。

某考自先侍御公以下，甲科有名績者若而人，例得從祀；其名行卓然在人耳目者，則有稽田一人。稽田名祖錫，字佩遠，吏部竹亭公子，出後廉使太華公。少有儁朗之目，中崇禎壬午浙江鄉試副榜，遭家國之故，散其家財，破産結客，欲一有所爲。既知其事之難就，思得天下奇士與共周旋，棄妻子，往來於燕代齊趙間，復之豫之楚，之粤之閩，窮邊絶徼，溪峒海嶴，足跡幾徧，垂三十年而卒亦無所遇也。年六十二，殁于膠東廣斥。噫，其志亦足悲矣。膠士大夫賢之，祀之名賢祠。顧吾家祠而遺之，可不可也？

某以爲若稽田者，使其遇合，所成就必有俊偉光明，非尋常尺寸可擬者。今縱不成，考其行事，以觀其志，亦不失爲張子房、劉越石一流人，豈僅僅明一經，博一第，爲邦閭榮者同年語哉？今日之以肖峯公之例從祀也，君子以爲允。

像贊

明大理寺司務私謚孝潔先生雍君暨配吴孺人像贊 有序

烈皇帝朝，萊陽姜給諫、大行，皆以甲科名臣，著忠孝之節。甲申、乙酉之際，變姓名，往來于澉之黄岩台宕間，君棄家從焉。晉藩監國，即會稽建行都，承制蒐揚衆正，給諫、大行起艸間，膺峻擢，君亦以大行薦，釋褐授大理寺司務。迨大行之寓于吴也，予從塾席識君，角巾布袍，捉栟櫚拂，如黄冠道士。大行語予曰：「此天下有心人也。」予心識之，蓋四十有八年矣。今其子和以章服畫像乞贊，其門人姜太學□□援行狀、謚議助之請，弗可辭，贊曰：

噫嘻，是相莊者，鹿車之挽耶，鴻案之亡耶？我則弗知。五服允章，六珈孔宜。儼虎賁之典型，赫司隸之威儀。我見再拜，泣涕漣洏。或曰是其行侔古人，材堪國器。岩阿大隱，弓旌首祓平聲。始則彈冠于貢公，繼乃結韈于釋之。其累德也有狀，其受謚也有議。文人鉅筆，覼縷其詞。我所知者，是爲我友天水大行人之友，而我友之子天水國胄子之師。

書

上張侍郎書 侍郎名天植，字次仙，號蘧林，嘉興人。

徐柯頓首寓書于侍郎張公閣下：傾風慕義，積有歲年，何圖今春得瞻丰範，淵岳渟峙，鸞鵠羽儀，私自歎曰：「生平未嘗見大人，若閣下者，其殆是乎？」至于交易之事，閣下始以廿金要人立數百金契，人或疑之。余曰：「彼大人也，處懷期物，磊磊落落，復何疑？」然爾時閣下不敢遽然收契，柯不敢遽然收廿金，而封貯申菽老處者，彼此之心皆以此交易非廿金可定也。閣下既未執契，柯又未曾收銀，今日之所憑者，各執之議單耳。議單不曰，過五月張處不交房價，聽從徐處解議，各無異言乎？乃四月之約，閣下自爽之，五月之期，閣下自踰之，六百之銀，未見分文也。既惟以各執之議爲憑，則此交易之不成，不待詞說久矣。

昨申菽老傳尊旨，謂柯欺誑，必罰契面加一方已。夫所謂無異言者，兩家信議，旦旦大書也，而閣下乃發異言耶？且幸而此房止值數百耳，幸而閣下止有廿金耳。吴中故家棄産者衆矣，閣下盡將一二十金誘之立契，或千金，或數千金，而閣下飄然遠行，許以過期解議而盡罰之。閣下此役，可以致富矣。

又聞之申菽老，閣下將致撫憲、道憲兩臺，逐柯遷居。夫交易在兩願，非逼非必，加之以威，怵之以勢也。況息壤在彼，奉令承教，過期解交，何干憲網？功令森嚴，上臺明察，柯亦有恃以無恐矣。且産非争執，交無重疊，價未入手，所欺何事，所誑何物？遵議解交，復得何罪，百年祖業，驅而籍之耶？菽老之言未已，而打掃之硃票至矣。打掃之硃票未已，而押逐之硃籤又至矣。

噫，閣下之心何心哉？閣下舉動若此，令人震恐，失氣喪魄，望而却走矣。閣下盛怒未已，柯願身率妻子，露處道周，空宅以待大駕之入，即有價銀，有死不敢領矣。然此非閣下事也。何也？閣下此時闔門念失示可憐之狀，閣下事也；毀室紓公罄未盡之財，閣下事也；若乃廣田宅，蓄聲妓，多金置產，別宅藏嬌，皆非閣下事也；又可抑置人居，動引朝廷持憲大吏爲閣下營私威福之具乎？況閣下經術儒雅，踐歷清華，得小失大，亦不爲此。

昔蘇文忠公之居陽羨也，買宅一所，爲緡五百。入宅有日矣，偶步月長橋，聞婦人哭甚哀，試往訊之，一老嫗曰：「吾居傳自父祖，吾子舉以售人，百年舊宅，轉徙來此，是以悲耳。」文忠爲之愴然，問其故居，即五百緡所易者，立取券對嫗焚之，使其子奉母歸焉。閣下翰苑風流，今日之蘇文忠也。文忠有五百緡之捐，而還人宅于既成；閣下未有一毛之損，而反欲逼人居于已解，而罰之逐之耶？知閣下之不然也。

原押廿金，久貯申萩老處，封識宛然，幸勑收還，城工急需，亦可少佐也。至于閣下處議單，既已愆期，便屬故紙，留之惟命，擲之惟命。種種詳之，不復縷述，略陳其愚，惟閣下察焉。至柯者，室真懸罄，命等鴻毛，窮無復之，賣屋苟活，干冒威嚴，得死爲幸。柯頓首頓首。

與觀成書

生平酷愛云美氏印章，以爲獨絶今古。近世所尚顧元方、汪尹子、丘令和諸家，不堪作云美奴僕也。云美逝後，以爲斯道作廣陵散絶矣，不意近得足下，天資渾樸，加以妍秀，充其所詣，殆將過之，何止並美也。

今世摹印家，篆本許氏《説文》，法本吾丘諸《舉》，此人人知之。然求心知其義，識其所以然者，蓋未一二見也。夫兵法至變也，唐太宗以英公不究出處，所以不如衛公。所謂究出處者，即心知其義，識其所以然也。夫惟心知其義，識其所以然，然後出奇無窮，動與法會，自我作古可也。愚意顧氏《印藪》須逐印逐字、逐筆逐畫揣摩，擬議變化，至於篆别字，刻反文，皆成妙理，方登逸品耳。不知足下以爲何如？

篆爲六書之祖，不特倉頡、史籀作書之意尚可想見，即聖賢經天緯地之文皆從此出。唐宋大儒，如昌黎、紫陽，自云有志未逮。足下留心於此，亦不朽之盛業也。凡此皆足下所知而復有云者，恐高明以小學忽之耳。過庭試質之大人，或亦不非鄙言耶？

聞毘陵莊氏聚漢印至萬顆，大人倘肯以畫幅託友人索其印譜，理必可得，斯誠大觀，爲益不獨在篆刻也。倘索來，幸必借玩，惟留意。四印煩刻，文具別紙，不一。

與楊□□書

□亭先生足下：先兄窀穸，重勞清神，孤孫孩幼，未得即造門，九屏頓首以謝爲罪也。

兹有三疑，欲質左右，恐如前歲寒宗論移居一事，意外遭公郎謾罵，直至於不可答、不欲答而但已。然事有理在，究於寒宗何損？公郎年少，似非有父兄在之所宜也。或曰此非先生意，先生或未之知，故復有今日之言，自托于諍友之義。然躊躇經月，然後敢進。倘其言之是耶，日月之食，更則仰之矣；先生以爲非耶，亦望就事以理辨論，俾得往復，心服先生之是，而自悟其言之非而止。若不就所論，讕語枝詞之窮，繼以惡聲，鄭人争年，後息爲勝，弟惟自甘先息，俟之有識之公評而已，不復言矣。

何謂三疑？其一，先生之命孤孫名也。按二字實犯先朝廟諱。孔子言徵不稱在，言在不稱徵，若全舉而倒用之，似非不偏諱之義。時移世換，在先生或有所據，然嘉名何限，忍以吾祖吾父累世服事在天之靈而直斥之，恐亦先公先兄之所未安也。

其一，先生之服繡補題主也。按典制，鸂鶒爲有官者七品之服，今先生儼然服之，萬目睽睽，指爲躍冶。此先朝服式也，在先生亦或有據，然新築辭邑，曲縣繁纓，蒲宫假戈，設服離衛，雖云非禮，有所受之。憶鼎革時，弟與令先兄同遊鄉校，爾時先生未離龖䪅也。蓋先生之生也晚，不深曉先朝典故，請具論之。凡殿閣元老，次亦宫垣冢卿，以禮去官，私居里第，則以方巾舄履、本等補行衣，延見現任冠帶官，示林下優逸之意。然非年在大耋，亦仍冠帶從事。故吾郡文文肅公、申大司馬居鄉，皆止冠帶而未服也。次則在内四衙門清要官銜命出使，皇華在途，則以本等補綴行衣，接對迎送，風塵外吏，以示王人之貴倨而尊也。其他冗散，雖奉使有指，亦止冠帶而不敢服。由是論之，雖殿閣之崇，非大耋里居不敢服；臺館之要，非皇華在途不得服。

今以先生之年之位之事，實於三者未合，不幾於優雜兒戲乎？此愚之所大惑也。嗟乎，孔子攝相於魯，居其位矣，去之而有臣，未大違礙，直曰欺天，在《上論》半部，凜凜聖人之言，可畏也。昔先公之葬也，侍御李公題主，儀部周公祀土，烏府風憲，容臺清華，皤然二老，亦止行衣將事，無雁鶥之綴也。前輩知禮愼事，風流醖藉，誰得議之？然此特比物連類而談耳。儗人於倫，復何等級以寄言也？

其一，先生筆録日記中，有「孝廉身後有集矢于孤寡者，幸我剛柔竝用以制之，今反爲用」之語也。夫世之集矢于孤寡者，必內有多蓄厚藏，外有良田美宅，有所覬覦，相爲齮齕耳。無論吾家無其人，只此破屋數間，殘書數卷，孀閨弱媳，懷抱幼孫，衣食之不謀，人情不甚相遠也，何所爲而集矢耶？有之，受者何以不言，寒宗何以不知，三黨何以不聞，而獨煩先生一人之剛柔竝用耶？與舍姪輩再四揣摩，不得其事，不得其人，意者指寒宗論移居一事爲集矢耶？則傎甚矣。孤寡之遷，非其自主，先生實使之。然寒宗止以書與先生，婉論其不宜耳。未嘗集矢于先生，而乃集矢于孤寡耶？原書具在也。又所謂剛柔竝用者，豈即指公郎謾駡之書也？是書也，寒宗非不能答也，譬如滿堂衣冠，揖讓論議，忽兩狂子被髪裸露，擲穢奮呼而出，惟有掩面急走耳，尚屑與之開口争事耶？嗟乎，人之所以爲人者，以禮相接，以理論事而已。違是二者，是《相鼠》之詩之所謂「人而無禮」者也，而曰吾剛，未或前聞。今孤寡之入居于城，一年所矣，幸而栖托安好，衣食粗給，嫠有女紅，孤有師課。此出自二三親房黽没從事，上以報先公之恩，下以全先孝廉之誼，一片血誠。而乃云先生剛柔竝用之所致，自欺乎，欺人乎？恐又不免于先師無臣有臣之欺矣。然先生或不至此，故以爲問。

抑更有進于左右者，筆録日記，前賢有之，蓋以學問有消長，行事有得失，德業有進退，故于日之言動，謹而筆之，用爲考驗身心之具，爲足貴耳。今尊筆所紀，則大異是，坐一首席則紀之，陪一現任則紀之，受一晚生帖則紀之，紀之而且津津有味其言之。是先生一生之學問如此，弟此書亦可不作，第關寒家家事，先生既已筆之，久而遂自忘其欺也，而若真有其事者，實爲厚誣。聊復一論，死罪幸察。柯再拜。

寄昭略書

二月十七日，千人石上，黯澹光中，作半日譚笑，真爲快遊。後到尊居，忽聞易主。晤用王，云駕已俶裝入都，急詢行李作伴何人，往依誰氏，暨賢箞、令郎輩安頓何許？而用王總無一確然語見答，爲之怦怦。

足下才氣高邁，文彩動人，到處逢迎，自度内事。第孺人稚子，吾輩應念，無故拋離，似亦非情也。僕終願足下即日返旆，摩厲以須，文戰搴桂，秋闈偕計以赴公車爲得耳。

故鄉霪雨，此月尤甚，僕無寸畝，豐歲恒饑。今破屋坐巨浸中，上漏下濕旁風，食玉炊桂度日。故人從無有裹飯相尋者，況昧如此，正未知作何行止送此殘年耳。尤可怪者，問奇不知載酒，買文從無酬絹，信使敦迫，催檄如雨，所求到手，掉臂一去，過門不入矣。不知諸公何取於此七十老公，作此苦硬差，遣嬲之不置。足下愛我，附資一笑。

兹有託者，昺兒之無消息已兩期矣，□□□□□設計誆誘，誘契誘逃誘殺，今并奸僧藏匿，莫可踪跡。昔樊於期遇虎狼秦，所謂日夜腐心切齒，仰天大呼，不知所委命者，僕於□□與□□見之，豈非天地間冤慘異變乎？今猶冀其未死，敢望足下爲我留神，在途在京在旗，倘有疑似，多方物色之。寧特僕一人銘戢，先文靖公亦當額手九原，以圖冥報耳。此事顛末，足下洞知，又以足下意氣過人，敢以爲託。若悠悠者，豈復語之？憑楮哽塞，不盡依馳。

與姜太學張别駕論祠祀書

柯啓□□世兄、□□表丈門下：今世之重淵源，厚親親，以古人自處者，莫兩先生若也。僕之受賜，非復一端，想亦諒其質直無他，見其刻苦自厲，故拳拳於我如此之勤也。今先祠祀典，以官之乏祀也，兩辱移札相商，乃忽有以爲僕罪案者，用敢以鄙見及顛末爲兩先生言之，而試察其果有罪焉否也。

僕聞之，人各有志，聖人不强人以必同；力所不及，聖人不責人以必爲。十四祠急以自備爲是，而僕不欲。各是其是，何必同也？十四祠力能自備而備，而僕不能。有能有不能，何可强也？

何以曰不自備爲是也？日者先祠奉湯公憲檄，以乙丑年秋丁爲始，於額編祭祠銀内通融支給，與諸先賢一體致大祭焉。初不云子孫自備牲牢，臨期報縣，委官致祭也。炳然成憲，昭垂令甲。湯公行後，牲牢之數日減，致祭之期日緩，馴至今春，竟不祭矣。然彼經承猶日相謀議，思所補給，各祠子孫亦時往督責，數其缺典，但得稍有氣力者主持，祀典具在，片言可復。今一自備，便成往例，官吏侵烹，視爲固然，詎肯復吐？是不自備，不祭而祭存；一自備，雖祭而祭亡。鄙見如此，無論貧無以辦，即有亦不爲也。

何以曰僕力不能也？自備既成往例，每次致祭牲牢犒賞約費三金，春秋二舉，須鏹六金。廿畝上田，方足辦此。僕無寸畝，藜糝不給，人所共知，猥云自備，將乞憐嗚哀於人以辦之耶，抑巧取强丐於人以辦之也？無論僕素所未諳，藉使喪其生平，塗飾耳目，先靈在上，寧復歆之？故不敢也。僕認之極真，守之極牢，而惡察察言者，不欲以一人與十四祠立異，故自退託於不能辦而已。

不謂十一日晤安詩舍甥，云祀事奉老極相關切，將與彼各賃一牲，稍全體面。僕曰此固諸公高義，然我惟不欲出此耳。今既云云，勢不可已，第曰分賃，豈疑我有所吝惜爲飾説以希望借助於人耶？罄掃室中，摒擋大小，絺綌緼枲，僅質銀一兩伍錢，立召張君亮，以三百文賃牲，湯豬一口賃價一錢，湯羊一口賃價五分，官之定例，余倍給之。以一兩二錢分犒廿項總付之，令渠於十三日與諸祠一體行禮，以明非有吝惜，無所希望。是雖大違僕初心，然於諸祠祀事無大相異也。而談説者猶噂沓不已，將以不自備爲罪耶？業已自備，與十四祠一體行禮矣。以自備爲罪耶？則十五祠皆自備，何獨責於我耶？凡此謗讟，僕不任受也。

乃今之謗，又有出於自備不自備之外，而爲三端之説以重責我者：一則曰何以不與育嬰堂之議，諸公愠怒也；再則曰何故回絶經承，與之欛柄也；三則曰不能自備，何不相告也。初三日育嬰堂之會，不知誰爲主議。初四日雨中，經承張君亮叩門來説，僕始知之。初五日辰刻，奉奉老手劄，乃得其詳耳。前此同事諸公未有相聞者，且諸公既已僉議自備，無有疑惑矣，何所待於僕而爲此怏怏也？況僕伏枕七旬，飢病龍鍾，是日大雨，藉使豫訂，豈能疲曳泥塗，以奉諸公之教？用此爲言，不諒人只之甚矣。又所謂回絶經承者，即初五日露呈奉老清覽，浼使者與彼之札，其中語言何者堪作欛柄？摭拾至此，未爲有詞也。

且今之所争者祀典也，祀典在官，若弗肯以不能自備告人，是又所謂人各有志也。何也？死生於人亦大矣，食則生，不食則死，而禮必求仁者之粟，古人乞食於謝仁祖，索麥於范文正，良有以也。今之君子，但當自勉爲謝仁祖、爲范文正而已，煌煌祀典，何必强人以干索也？然僕惟不索耳，索則必不得，而適增其謗，僕量之審矣。嗟乎，凡此紛紜，曰吾以爲先賢祀典也。夫先賢乏祀，非自今日始也。聲罪致討，必有主名，今之主名，夫亦於侵帑蝕課、慢神虐民之官吏乎求之乎？一怒而罪人得，祀典正，兩祭之所乏，一朝而反之，於以崇先賢，而義聲亦大震於世。是之不圖，而顧蹴蹋其子孫，吹毛捕影，深文巧詆之不得，則從而訶詈之，斥辱之，曰吾以爲先賢也。無論賢者子孫，苟能立身無過之地，自信有素，未肯嘿嘿，天下之人，安可盡誣？終亦信者半而疑者半，無益也。

夫賢者子孫賣祭而不祭，呵詈可也；折祭而不祭，斥辱可也。或平日出入衙門，夤緣穿鼻，爲所慢易，致毁祀典，亦可斥詈也。僕于數者，有一於是乎？抑又聞之，《傳》曰爲賢者諱過，而説者曰賢者安所得過？君子之善善，長爲賢者子孫諱耳，故曰愛其甘棠，況其子乎？假令僕不幸而出於前數者之中，猶冀爲故人者之遷就爲諱也，曰吾以爲先賢也，吾以卹窮交也。顧可無故而恣睢詬誶，以鳴得意乎？恐今之君子之未三思也。

嗟乎，僕以前朝退棄老生，家無閥閱，身離學校，孤貧獨立，乃欲區區執去任賢撫之憲令，越十四祠而責祀典之備物於墨令奸胥之手，其術固亦踈矣。然其所守，或未可盡非也，不知何以逢今之君子之謗怒如此也？客有謂余者曰：「是則然矣。子之爲是言也，將以解怒而釋謗乎？吾恐其加怒而熾謗，雷同沸騰，正無底止也。且子亦惡得無罪？生無媚骨，一罪也；性復好辨，二罪也；離衆特立，三罪也。有大罪三，安往而不得謗怒也？奚有是區區者而論之耶？」

雖然，事關先賢祀典，不可以不辯。其事始末，皆在兩先生聽睹中，故略陳一二，以訊僕之果有罪焉否耳，亦不屑與今之君子較其是非也。柯再拜。

余出是書已，客曰：「君何望乎今之君子也，君亦聞夫夫己氏乎？臾首竦體，膏吻沫舌，而致謗於吾子，以文今君子之説。逢人言之，鑿鑿娓娓。余澮心、楊明遠非君友耶？明遠且爲詩和之矣。丁貞士、吴安詩非君至戚耶？安詩且攘臂助之矣。夫對君之好友至戚，與君對面何異？世未聞對面謗人者。」余笑曰：「言行而不出於君子之道也，寧可計量？詩人嫉之，曰『爲鬼爲蜮』，又曰『投畀豺虎，豺虎不食』，甚甚之辭也。雖然，權勢傾奪，利害逼迫，至於斯，不得已焉耳。若夫己氏之爲，則吾不知也。杜甫之詩不云乎：『南村羣童欺我老無力，忍能對面爲盜賊。』人至於老，重以貧賤，何不可加？吾直以南村小兒視之而已。彼作詩與攘臂者，惟知夫夫己氏已耳，安有六十之年而與羣小兒争言者乎？一笑可也。」丁卯九日，柯識。

説

橘頌説

昌黎《古意》：「太華峰頭玉井蓮，開花十丈藕如船。冷比雪霜甘比蜜，一片入口沈疴痓。」余贈東來詩取其意，以爲《化州橘頌》，東來果以見投。適余姊氏年七十餘矣，病澌沈綿，却藥不御，又子婦病不安穀，亦經歲月，試服之，皆得奇效。余於是而知其果爲祛病衛生之上藥也。今之人不察，猥云化州無橘，樹久枯死。化州不在天上，世人於耳目所不接，好爲異論，往往如此，不獨一小物也。

余近始識東來，挹其議論風采，知爲吾輩人。其於石城，所以佐其主人臨民者，有古良吏風。主人少年，以他故驚憂不禄，東來於其身後所以周旋其風波險難者，心力罄竭，知命之年，頭鬚盡白，又有古烈士風焉，顧肯以小物欺其鄉里乎？

昔韓康賣藥長安市，守價不移，女子曰：「君非韓伯休，那乃不二價耶？」羊祜之鎮南夏，與陸抗敵境相接，兵交使往，抗病，祜餽之藥，抗服之無疑，心知羊叔子之不給也。東來行己在語默之間，處爲韓伯休，出爲羊叔子，當卓然不愧古人無疑者。顧古人能信於市中小女子與敵國之將帥，而東來不能釋同里故人之疑。此世道之衰也，於東來奚病？

跋

先文靖公删訂禹貢傳註跋

《禹貢傳註》無定本。右先文靖公晚年課余兄弟所删訂，考正較世本最爲簡明詳雅。余家自先中丞公以《書》起家，迨大參公復以《春秋》顯，故吾家有《書》《春秋》二學，而《書》爲盛。近代吾郡申文定公《尚書會編》，制義家宗之，實出吾家本也，序中徐衡卿氏即先大父翰簡公。兹本視《會編·禹貢》加精，吾子孫其寶之。若乃六簡七潔之名，三條四列之説，耑從蔡義，閉絶他歧，所以尊功令，便舉業，有志古學者，尚於馬鄭求諸。次男柯百拜謹跋。

跋草書體要

《草書體要》，甫里許氏摹本，其石燬於兵火，流傳絶少。余於甲午深秋，乘艇子從玄墓過管予諫妹婿梅社草堂，小酌桂花下，象戲勝而獲焉。余妹在旁有吝色，余覺之，急起攫付侍兒將去，要卮沾袖，三人相與大笑，時年皆未卅也。今予誺已宿草，而吾妹偏枯病廢，侍兒者已嫁，不知所往，獨余與此帖尚無恙。明年七十矣，重可感也。甲戌春日重裝，摩挲一過。

跋家孝廉畫

元如表兄與家孝廉同年生，長余四歲，今兹七十生辰，家孝廉擬作一畫祝之而未能也。是畫爲孝廉五十四歲時作，筆墨閒遠，題款之外，不浮一字，簡貴可喜，余所寶愛。兩甥方爲嚴君舉觴，於當世名卿鉅公未有所徵也，而斤斤兩渭陽詞翰爲請。豈力不逮哉，其趣固與人異矣。余既以長句效頌堀，而復輟贈此畫，以塞兩甥之望。異時孝廉强飦，自有鉅幅補祝。然老人驅染烟雲，縱極意匠慘淡經營，恐非廿年以前精力，甥輩其識之。辛未六月，東海一老柯題。

跋緝上人告天文

緝熙道人游於繪事，人目爲今之顧虎頭、曹將軍，可謂文采風流、雅人深致者矣。

茲示余以焚香告天文，是何誓願之弘鉅，而悲憫之深摯耶？想其披讀時，山河大地，頓作閻浮檀金色，寧止六種震動已也。當有五百僊人飛來證盟，余何足以測之？東海一老柯敬跋。

跋葉氏白雲圖

人子身爲父母之身，一舉足出言而不敢忘父母，何在非思親地也？白雲何爲乎狄公之言，亦詩人岵屺之思也。奉常八分，廉州繪事，爲近代江左獨絶，與桐初氏同里，又皆桐初婦翁黄岡杜于皇氏老友，習知桐初之以少失怙恃而悲也，爲此圖贈之，誠葉氏之家寶也。東海一老徐柯敬題。

書孌生靈應記後

《記》中蕭山學訓公，丁之始祖，其謁選之任也，我先中丞公以武部郎居官下，一時鄉先生吴文定、王文恪諸公在臺館郎署者尚有十四人，相與祖送之，而先中丞實爲之序，慨然於江湖廊廟之適不得兼，而鐘鼎山林之賦有定分也。先文靖公爲中丞五世孫，與行甫文學締姻媾，迨奕世通好，緊惟是序爲美談。今吾姊能以婦德光於前人，而吾兄之文又足以振之，於以詒於後世，傳於子孫，流光遠耀，不其偉歟。

嗟乎，婦德莫盛於孝與不妬，動天地，感鬼神，必不可必於旭卉冥漠之綷而券契取焉。世人見一端，不深推至隱，徒以其刻苦支厲於拂逆之境，指爲疾風勁艸、盤根利器，何言之陋也？兹記之所爲貴也。先文靖公年卅五而喪吾先妣吴孺人，不復娶，余兄弟姊妹六人皆同生，今惟吾三人在耳。故貞士裝兩册授二子，而必徵其詞於余兄弟。余既以隱括大意，作長歌致其頌美，而吾姊意有未盡，不辭固陋，爲復跋此。東海一老柯題於三千六百釣臺。

余年四歲，識先生於姊丈鄭季雅齋頭。先生幅巾布袍，手拄藜杖，論文稽古，娓娓終日忘倦。先生即命余識字讀書，恍若目前事也。不三載，聞先生老病以死。余時甫就傅，即有不得見故都人物之感，爲之泫然者累日。

卅年以來，姊丈季翁歿京邸，次甥學莊收其敝簏歸，因檢得先生所爲文若干首，如見故人，不勝悲愴。感嘆之餘，閒窗無事，抄録一過，但闕失頗多，而言語又與時相忤，不敢付梓。先生歿後，子姓凋謝，余又貧窶寡營，年歲豐歉不時，「世安所有知先生者，又安所得爲先生壽梨棗哉？倘一二同志，慨然闡幽表微，廣爲搜輯遺文，悉以補入成帙，乞言于名公鉅卿，爲之序其端委，而亟付之剞劂氏，先生其亦可以含笑九京，而文與人並垂不朽矣。豈不可與俟齋高士争光日月，稱難兄弟哉。

先生遺詩四卷，季雅刻之。癸卯冬，余大甥汝暘奉其板還之先生之猶子伯吹，藏于家。雍正丙午小除，姚江後學諸吴榛茂秦氏謹識。

徐貫時先生《一老庵文鈔》，見于乾隆《蘇州府志》，《孝慈堂書目》亦載之，然流傳甚罕。陸君東蘿偶從常賣家得之，以余留心吴中往哲遺文，欣然相示。余展閲之，知爲吾浙吴茂秦所録，計文五十二篇，雖不及難兄昭法先生《居易堂集》之元氣淋漓，而屬辭條暢雅絜，亦不愧名家相。

聞當時有「昭法不入城，貫時不出城」之語，似隱指其參商。向疑《居易堂集》中尠有涉其弟者，今觀《一老庵文》，亦鮮及其兄，惟《跋家孝廉畫》一篇，雖無間□，□其稱謂究非同氣所宜。又有《與楊易亭書》，易字□□，乃録文時爲之諱。易亭名旡咎，字震伯，吴中三高士之一。昭法先生遺囑云：「身後家事，無論鉅細，俱要仰重楊先生經理。」又云：「吾生平知之深而信之篤，謂在我可託孤寄命者，一爲易亭。」乃爲之弟者與之争辨不休，則庭内未免有遺憾矣。然而貫時先生避世牆東，終身窮約，無忝文靖家風。讀其文，可以哀其志耳。

余借録一本，以原書歸東蘿，而作此跋。嘉慶十六年七月晦日，海寧陳鱣記。

附

録

一老庵文鈔不分卷　一册

明長洲徐柯撰。舊鈔本。清海寧陳鱣手跋。

首尤侗《東海一老傳》，末雍正丙午姚江諸吴榛跋，嘉慶十六年七月陳仲魚從陸東蘿借鈔而手跋之。據吴榛跋，其詩集四卷，鄭季雅刻之，而文則因與時相忤，不敢付梓，故僅存鈔本。案集中《題彭容臣册子序》「崇禎庚辰余年十五」推之，貫時生于天啓六年丙寅，尤《傳》稱「今春二月，從山中歸，客來告我曰：『先生逝矣。』」文承前「己卯仲秋」後，則當爲康熙三十九年庚辰，年七十六，傳作七十五，誤少一歲。蓋入清已五十七年矣。本應列爲清人，但前人于易代之際，往往依其人之志節畫分，故明代遺民之殁于清者，仍列爲明人。貫時與兄俟齋志趣雖有不同，然尤《傳》稱其避世牆東，孫文定、高文端之速駕，均笑不應，未沾新朝一命，自名東海一老，正所以見志。則雖和光同塵，不及俟齋之高逸，亦未可遽排于遺民之列。乃竹垞《明詩綜》既不收，歸愚竟入之《清詩别裁》，何耶？俟齋聲名卓卓，貫時幾于無聞。余于一九四一年借此于嘉業堂，并從故友張君芹伯乃熊借詩集鈔本，皆仲魚舊藏而分散者，合印入《辛巳叢編》，藉與《居易堂集》並傳。今詩集被掠，此本歸余插架，展誦之餘，謹推本其志，而仍列諸明代集部，並誌其説于此。有「得此書費辛苦後之人其鑒我」白文長方印，「仲魚圖像」朱文長方印，「海寧陳鱣觀」朱文長方印，「吴興劉氏嘉業堂藏書印」朱文長方印。

王欣夫《娥術軒篋存善本書録》庚辛稿卷四

一老菴遺稿四卷文鈔不分卷 二册

明长洲徐柯撰。吴縣王氏學禮齋鈔本。

余先從吴興劉氏嘉業堂傳鈔陳仲魚跋《一老菴文鈔》。據雍正丙午吴茂秦跋，謂遺詩四卷，鄭季雅刻之。訪諸藏書家，均未聞焉。一九四一年春觀書於張君芹伯之適園，獲見此本，字體方正，似從刻本影鈔者，亦有仲魚藏印。喜二書之析而復合，亟借鈔印入《辛巳叢編》以傳。劉氏藏本後亦歸余，已具前録。貫時詩體格近温李，而才氣縱橫，情致纏綿。沈歸愚《國朝詩別裁集》舉其《寄小婦》詩「香能損肺薰宜少，露漸沾花摘莫頻」句，謂傳頌一時。張南山《詩人徵略》亦録其佳句。世傳貫時與俟齋兄弟參商，仲魚跋謂當時有「昭法不入城，貫時不出城」之語。近羅氏振玉撰《俟齋年譜》，又廣徵諸書以實之。今案詩稿有《過東朱草堂戲題》注「家孝廉新居也」，又有《新春策款段過澗上草堂風雨留三日歸後卻寄六首》注「余新年恰四十一」，考俟齋長貫時四歲，則時年四十五，爲康熙五年丙午。第一首云：「蕭爽山扉幽澗濱，經過百遍不辭頻。」第二首云：「即目風光已一年，今宵觴詠倍悠然。」注：「余客春是日飲梅花下。」第六首云：「絶知孤子鉤神異，遣伴中丞五色輝。」注：「家孟有五色定窑水中丞，云默泉所贈，余以漢鉤截作水匙配之。」可見兄弟非絶不往來者。惟於第五首有云：「大抵妻兒添惱怒，轉憐兄弟少歡娱。」則可知所傳兄弟隔閡，不無根據，讀《田孺人小傳》，可知其概。蓋貫時以宦家子，少年時縱情於聲伎裘馬，不自檢束，致使媵妾竊資，逆子逐父，家庭多故，變出非常。卒至叩門乞食，簞瓢屢空，窮困無聊之際，於是侵佔攘奪，無所不爲。俟齋清平自守，其何能堪。及其卒也，甚至重修宿怨，矛戟森然。或亦力不暇顧，視同陌路，枉言手足之情。而《與楊易亭書》對乃兄所欲托孤寄命者，斷斷以三事嚴質。末一事，因易亭筆録日記中有俟齋「身後，有集矢于孤寡」一語，而施以詰責，反足證其身有遺行，欲蓋彌彰。此詩文稿爲羅氏所未見，可補《年譜》者甚多。周子絜茂藻爲小啓募金葬俟齋父子，其文《年譜》亦不載，余友蔣蘇龕藏《清流種》卷子，今附録其文於此，以免散佚。

清流種　繆彤題

謹啓：

俟齋徐子，勵西山之節五十餘年，全受全歸，誠海内之清流，先朝之遺逸也。去秋易簀，家徒四壁，室有雙棺。招楊子震伯入山，以寡媳孤孫，拜託楊子。六旬貧士，數月以來，舍其下帷之業，匍匐山中，綢繆拮据，既同范伯之撫棺，兼類程嬰之存趙，可謂不媿死友者矣。然將來窀穸之事，爲力維艱，而孤寡來日正長，尤不可不預爲之計。敢告同心，共申將伯，俾俟齋早於入土，而令子觀成向敦孝行，亦得從厥考以歸骨於九原。稍有所羨，留爲異時饘粥之藉。在俟齋清節自矢，在天之靈，原無冀乎此舉，而好義者麥舟之助，百世美談，可使後日西華無練裙之泣，此尤屬吾黨之光也。且楊子既獨爲其難，豈吾黨不共圖其易？余世事絶無所與，而獨念故交零落殆盡，余得以衰廢僅存，今俟齋又先我逝矣。昔昌黎爲馬繼祖銘，以哭其祖孫三世爲痛，余於俟齋有同感焉。且亦料懿德之好，定不孤也。故不靳身爲之請，而當世之仁人君子聞之，知必有慷慨而樂從我者。八十五老人周茂藻拜啓。

王欣夫《娥術軒篋存善本書録》未編年稿卷二

喜遇徐貫時率贈二首

不記何年别，幾成隔世人。孤居應自遠，老至轉須親。把臂追耆舊，銜杯話苦辛。大江悲日夜，千古弔靈均。謂文靖公。

三千六釣叟，三十二外臣。豈同算博士，聊學謫仙人。孤竹空黄土謂俟齋先輩，南村尚葛巾。與君占昨夢，東海幾揚塵。貫時自稱東海一老、三十六帝外臣、三千六百釣臺，俱用太白詩句。

尤侗《鶴栖堂稿》詩卷一

兒在晬日貽徐二貫時

衰年合抱孫，自笑還舉子。眼看歲一周，晬日今朝是。晬盤誰與共，一二老知己。劉生如期來，持贈有韈履。肯爲三日淹，繩牀同卧起。徐子嬾出門，徒步二十里。但惜記憶誤，先期舉玉趾。值我輸井稅，蓬門失倒屣。枉自攜賀錢，無繇醉緑蟻。兩婦傳語留，君行不能止。小兒辱摩頂，授記誌公比。古人重試周，小兒亦何似。伸手探兩印，次及筆與紙。最後取尚書，他物無所視。君如得見之，應自倍歡喜。君少余八歲，婚嫁早畢矣。弄孫已五年，吾衰累伊始。只此遠輸君，歎羨何能已。

以下楊炤《懷古堂詩選》

以畫竹瓷器壽貫時 二首

明玕爲壽似君宜，陗節青青貫四時。況是龍公錫難老，龍孫又見長龍兒。羅浮山有龍公竹。

萬曆燒瓷樸且堅，不輸嘉靖與成宣。團團雲鶴沖霄起，期爾官階及壽年。器周遭皆雲鶴。

用韻賦答二詩 并序

徐　柯

始滿生辰，兒甥謀循俗舉觴，余發怒禁之，兒曹私語云：「安得吾師來，當令翁喜耳。」果明遠攜詩至，一座風生，歡笑竟日。

甚矣吾衰百不宜，故人珍重與新詩。霜紈墨瀋千尋竹，白鶴青雲萬曆瓷。叵禁兒曹作壽筵，待他一老即歡然。低頭杜甫詩堪誦，童穉情親四十年。

童穉情親四十年杜二送路六侍御起句也貫時用爲落句余愛翫之復賡二首

年年歲歲共周旋，童穉情親四十年。不比拾遺同侍御，中間消息兩茫然。人物如君實步趨，詞場吾敢竝馳驅。不知童穉情親句，路六能賡杜二無。

人日懷昭法兼寄貫時

去年人日往上沙，艸堂酌酒看梅花。老年兄弟忽聚首，新春之樂樂無涯。自兹一别俄經歲，此時此日孤房睡。以足瘍故卧。小徐不見出城來，大徐亦少緘書至。可憐人日不逢人，寂寞書堂形影親。綵縷人勝賜何日，惆悵三人鬢似銀。

貫時自吳興枉存

枕上呼我覺，急起攬衣巾。曳履迎至門，呼兒拂牀塵。君從何處來，抵此纔侵晨。昨夜宿上沙，五更發澗濱。前期不敢後，恰及清和辰。握手互相視，慰問各一申。君憂我家食，那免垂老貧。我喜君顏色，此度頗精神。語罷出新詩，就君一咨詢。得失近何如，謂余罕匹倫。不獨無其詩，而且無其人。不然百里遥，吾其肯問津。盡出素所制，一一爲選掄。選定惠一編，手書尤所珍。當與古人集，几案閒竝陳。安得付剞劂，萬本流八垠。精誠固有在，論選定不泯。余笑謝不敢，與君且飲醇。一斗貰近市，二仲邀比鄰。花前共酌酒，階下有餘春。相知四十載，好友等周親。何堪各一方，安得留經旬。送君上舟楫，默坐懷松筠。

貫時夜宿書齋次早返石橋浦 二首

竟夕談兼笑，相逢每不閑。人疲飢渴裏，燈炧晦明閒。童穉情親厚，兵戈生事艱。時危貪會面，況復鬢毛斑。

晨昏祇茗粥，雞黍未能供。席地同眠卧，新年辱過從。侵星迷鷁首，倚杖愧龍鍾。送別谿橋恨，春帆江水重。

貫時生朝

何意僑居近，生朝得見呼。開尊期一笑，老友不能無。玉面思髫齔，霜顔此鬢須。百年莫辭醉，歲歲共歡娱。

貫時過宿明晨率兒在送至無量寺前始别 二首

步屧不辭遠，款扉何恨遲。踟躕自春莫，彳亍果秋期。風雅墜今日，人倫歎此時。篝燈交語細，白首涕漣洏。時有所感。

明發急歸去，朝餐始送行。攜兒憩古寺，與僕入孤城。别浦蒹葭色，荒郊蟋蟀聲。徘徊惜分手，還往故人情。

同身壹坐貫時蘊真館欲雪限韻得彈乾殘看四字

瑟瑟庭初静，窗寒紙夜彈。雲隨苔影合，風過竹聲乾。未冷衣先薄，言歸歲已殘。重將今夜酒，且作故園看。

以下曾燦《六松堂集》

留别貫時同限途字

故里從春别，而今雪載途。思家嘗病入，逢世與心殊。子獨當殘歲，樽能不厭酤。梅花新月夜，可似在吴趨。

徐貫時飲别眭身壹喜計彦昭至次聯句韻

西風高會夜，莫謂客途單。共此坐深燭，與君懷古歡。忽當言遠别，遂不及飢餐。柏酒遥相憶，他鄉各歲闌。

徐貫時召同睦身壹宿二株園飲賦得梢字

分歧已自向江皋，何意重來共舊交。響落風鐙吹小幔，夜深燈火出寒梢。關河遼闊多歸夢，身世沉浮漫解嘲。誰似君能容我醉，疏鐘一任鬭霜敲。

二株園

忽然卧病闔閭城，對鏡相看太瘦生。十日不曾開口笑，一身長似榜人輕。簷枝欹仄鴉翻落，書案横斜鼠亂行。獨守孤窗今又暮，颼颼屋瓦走風聲。斷井頽垣作比鄰，天涯客况但愁人。蕭條原不因風雨，詬誶多緣是貧賤。蛙鼓新聲紛玉砌，蛛絲深夜上羅巾。看來只有殘鐙火，伏枕呻吟爾獨親。

同馮潔士慈溪人徐貫時訪楊明遠於陸墓留宿懷古堂分賦限十三元韻

凉飈引輕舸，蒼茫問水邨。中有楊子居，蕭條峙寒原。叩門書聲歇，批水顔色温。威鳳隱其德，環堵千仞尊。自非素心交，安得窺藩垣。偕來馮與徐，皆爲名賢昆。密坐茅堂上，浮鷗視乾坤。唤婦饌香粳，呼兒具芳罇。感子簡易志，來豈爲盤飧。猶憶崇禎季，吾父侍前軒。同時徐詹事，方駕稱弟晜。後遭寃句亂，鏁鑰重津門。則有馮司馬，慷慨請南轅。所謀適不用，坐見天地飜。尊君一布衣，咳唾等璵璠。能持詩畫筆，下使公卿奔。三老俱折節，傾酒每晨昏。反覆四十載，往事難具言。今夕又何夕，我輩共討論。勉哉承前烈，毋令古道諼。

以下方孝標《鈍齋詩選》

至日同楊明遠宋既庭過徐貫時二株園宴飲分賦限夫字

徐生之園先代餘，託門掃室忠孝俱。自非膠漆承前圖，過客那得窺繩樞。我來吴門十月初，遍訪徐生知者無。風塵始税薊門車，草茅已爲故人鋤。至日陽生花欲舒，石欄陰洞争盤紆。須臾豐饍出中厨，更携子弟列座隅。楊雲宋玉皆文儒，縱談喧鬧清夜徂。徐生意氣空江湖，何獨於我如友于。憶昔戊辰趨燕都，吾翁携我觀石渠。親見若翁堂堂軀，置膝愛我如明珠。甲申避地奔三吴，烽煙吹斷北來書。若翁見我悲且吁，問我高堂雙鯉魚。自是分携事變殊，二十年來過隙駒。行路誰憐趙氏孤，汨水空傳楚大夫。吾翁言及必沾裾，古人交道其庶乎。爾我何心愧楷模，江河世態空紛如。對君歌舞忘艱虞，春風次第遍姑蘇。兩山青峙具區鋪，更欲從君提玉壺。

虎丘喜遇楊明遠兼問徐昭法貫時

楊郎昔是故人子，兩世情親歷死生。明遠乃楊曰補之令似也。見自衆中心倒極，事從前代語紛更。曾尋舊宅無人識，遠向深山只力耕。應是天憐離別久，故教同作虎丘行。

改革吴門隱逸多，尊君肥遯樂漁蓑。藏書遺翰今存否，世亂家貧奈爾何。懷舊吾親嘗惙惙，計年我輩亦皤皤。煩君更問南州子，歸去趨庭述澗阿。